爱在风里回旋

林曦 著

民主与建设出版社
·北京·

图书在版编目（CIP）数据

爱在风里回旋 / 林曦著. —北京：民主与建设出
版社，2020.6
ISBN 978-7-5139-3052-9

Ⅰ.①爱… Ⅱ.①林… Ⅲ.①抒情诗—诗集—中国—
现代 Ⅳ.①I227.2

中国版本图书馆CIP数据核字（2020）第080776号

爱在风里回旋

AI ZAI FENGLI HUIXUAN

著　者	林　曦
责任编辑	刘　芳
封面设计	中尚图
出版发行	民主与建设出版社有限责任公司
电　话	（010）59417747　59419778
社　址	北京市海淀区西三环中路10号望海楼E座7层
邮　编	100142
印　刷	河北盛世彩捷印刷有限公司
版　次	2020年6月第1版
印　次	2020年6月第1次印刷
开　本	710mm × 1000mm　1/16
印　张	16.5
字　数	200千字
书　号	ISBN 978-7-5139-3052-9
定　价	49.00元

注：如有印、装质量问题，请与出版社联系。

自序

　　人生在风雨中行走，心灵深处流淌出来的诗歌，泥泞在雪地里，留下爱的痕迹，如此的洁白无瑕。这里是一块净土，我可以爱恨情仇，也可以梦幻飞舞。有纯粹的爱、有无常的生死离别、有无助迷茫的困惑、有不断前行的步伐、有曾经的形影不离，到如今的飞鸟和鱼。爱过恨过皆成经过，好事坏事皆成故事。生活里的点滴，点亮我心里的诗情画意。走进自己的内心，其实一个人就是一个浩瀚的宇宙，里面有无数个我等待自己去读懂、去救赎。世界属于地球，地球属于宇宙，宇宙就在我们心中，我在诗歌里织网捕梦。仿佛这个世界和我很远，但我不得不低下头、弯下腰，找到属于自己生活的双手，握紧它，一路搀扶着自己走下去。肉体凡胎被生活砸伤一个个坑洞，我用一首又一首的诗歌打满补丁。世上的万事万物无法控制，我时常在回避和欣赏中切换频道。但是，我可以掌控自己的情绪，让幼稚的小个性成为小确幸。诗歌并非难以企及，我既然遇见了，我就此生珍惜，深刻体会一个写诗人的心，为什么那么痛？因为就像着了魔。整颗心被掏空钉在十字架上，还一直滴滴答答流着血……灵感与爱并存，我与诗歌同行……人生何尝不是一场酷刑？我不要做逃兵，我必须战胜自己、体验生活，用诗歌祭奠过往的时光。一次又一次反思自醒，突破自我，迎接属于自己的诗和远方……

自从首部诗集《忘记星辰》于 2018 年 4 月出版以来，得诗歌文艺界的朋友错爱，我被冠以"当代新月派诗人"的雅号。非常感谢大家的谬赞，正因有了你们的鼓励和肯定，让我有了更多一份动力走下去。一个一生一世为爱而生、为诗修行的女子，诗歌便是躺在手心里的孩子，陪伴我活在每一个当下。邂逅诗歌，内心的力量便有了生长的方向，让很多苦难变成肥沃的土壤，从伤口里照进光……

林曦

2020 年春

目录

月几回，云几重　　/ 001

爱的花语　　/ 003

星河月下　　/ 004

流浪的快乐　　/ 005

一个人一盏灯　　/ 006

爱与恨　　/ 008

梦幻　　/ 009

七寸的高跟鞋　　/ 010

月悬空隔天涯　　/ 011

中秋月圆　　/ 012

九月里的早安　　/ 013

流连忘返　　/ 014

人情世故　　/ 016

我看，我听　　/ 018

最后的告别　　/ 019

想你的时候　　/ 020

百花争艳　　/ 021

腾格里沙漠之旅　　/ 022

爱是迷途　　/ 024

退一步海阔天空　　/ 025

舔出来的光　　/ 026

爱的勇气　　/ 027

地铁上的今天　　/ 028

伤不起　　/ 030

那个电话　　/ 032

梦醒时分　　/ 034

自己的世界　　/ 036

秋天的枫叶　　/ 038

新芽的时光　　/ 039

活着　　/ 040

爱得真伤得深　　/ 042

清晨的影子　　/ 044

心光闪闪　　/ 045

幻觉和现实　　/ 046

白色的光　　/ 048

赠九歌徐兄长　　/ 049

隔夜的吻　　/ 050

跳闸　　/ 051

爱如荷风，清香匆匆　　/ 053

过客是底色　　/ 054

别离的痛　　/ 055

心潮　　/ 057

风雨飘摇　　/ 058

等秋风　　/ 059

喜欢夜听　　/ 060

醉酒　　/ 061

桃源洞　　/ 062

三明荷之旅　　/ 063

内心的解剖　　/ 065

大清山的海浪　　/ 066

一个人的朝拜　/ 068

是生离是死别　/ 069

没有如果，只有你我　/ 072

父亲节　/ 073

自我陶醉　/ 074

一滴梦　/ 075

午后的阳光　/ 076

真实感　/ 077

选择深情地活着　/ 079

卖花姐姐　/ 081

早安　/ 082

下班地铁上　/ 084

520 里的伤感　/ 086

日子　/ 088

卸妆　/ 089

母爱才是永恒　/ 091

喧嚣的初夏　/ 092

破东风，入赌注　/ 093

一样的风，不一样的我　/ 095

懵懂　/ 096

雾　/ 098

五月　/ 100

舞　/ 102

小尾巴　/ 104

天黑了城空　/ 106

女人似花　/ 108

下雨天　/ 109

同学小聚　/ 110

思念不听劝，只因不相见　/ 112

告别我的小金鱼　/ 113

童话　/ 114

游周庄古镇　/ 116

叙利亚战争　/ 117

树上的花　/ 119

呼吸中的微笑　/ 120

梦在空中荡漾　/ 121

无力的骨　/ 123

突破才是解脱　/ 124

仰光　/ 126

芈月　/ 127

心情翅膀　/ 129

幼儿园里小小童年　/ 131

风凉　/ 133

出差的心情　/ 135

七夕夜的情话　/ 137

孩子加油　/ 139

界限　/ 141

做快乐的人　/ 143

我是一个老姑娘　/ 145

我想造个传说　/ 147

自我的情话　/ 149

2018 年的初雪　/ 151

雪愿　/ 153

自白　/ 154

失约　/ 156

梦境　/ 158

眼里的心　/ 160

遇见徽文化　/ 161

恋爱时光　/ 162

勇敢的爱　/ 164

望月　/ 165

日光　/ 166

失恋　/ 167

小小的坏　/ 168

梦境成真　/ 170

西湖畔　/ 171

期许　/ 173

问　/ 174

爱过　/ 176

行走在路上　/ 178

初春　/ 179

梅花下的梦与酒　/ 180

春光红楼　/ 182

工人的辛酸　/ 183

婺源游　/ 184

一个人的悲伤　/ 186

不是归处便是归处　/ 188

海上樱花梦　/ 191

光阴似箭　/ 193

一米春意　/ 195

生机在心底　/ 197

飞扬的心　/ 198

邂逅淳子　/ 199

七心海棠　/ 200

流水的光　/ 202

爱是魔术的果实　/ 204

我在风雨中等你　/ 206

谁　/ 208

飘零　/ 209

荷　/ 211

眼力　/ 213

LV 的心　/ 214

玻璃心　/ 215

行走在路上　/ 217

台风　/ 219

沉默的爱　/ 221

云端上的云　/ 223

我们爱你香港　/ 225

九月　/ 227

反复无常的爱　/ 228

泥泞的梦　/ 230

受伤的脚印　/ 231

碎落的叶心　/ 233

夜游延安清凉山　/ 234

迷香里的伤口　/ 235

抗病毒之歌　/ 236

我和花儿相拥　/ 238

羔羊的悲伤　/ 240

今年踏春的心情　/ 242

三月是小月月　/ 244

四月的春　/ 246

后记　/ 247

月几回，云几重

月几回

云几重

风雨过后

景色冲破妆容

素颜与我喜相逢

观窗外鸟语花香

鸟儿飞在枝头觅蚜虫

打碎几颗水珠逗花容

晶莹剔透闪荧光

仿佛镜面是天空

镜子背面是大地

照出立体人影

几许是真

岁月吹过早春

夏风又起

风雨过后是风雨

心思波澜不惊

任日月东倒西歪

诗意飘来一叶情怀

谁愿月下打马

与我私语缠绵

时光陌上醉梦死

春花秋月化桑田

不惊风

不惊雨

无垠岁月

是一旅又一旅

曾经几何

推开几次春夏秋冬

越过几度悲欢离合

不羡云

不羡月

遇雪踏雪

悲喜交加

是月光芳华

映衬红尘风烟滚滚

凋零万千生命无声

爱的花语

如果清晨在一杯茶水里

能酝酿出一滴茗香

那是我最纯真的爱意

由鼻尖沁入心间

自然陶醉绵绵滋润

这份心情的纯粹

愿给心爱的你

饮下晨露云霞

明媚内心平静的伤疤

我的爱有时候犹豫

有时候疑虑

每当想起你

心波泛起涟漪……

星河月下

世界太大 众荷喧哗

秋的落叶是春的新芽

我站在路灯下望着家

不知人生走在哪

思绪漫天飞舞着风沙

想起那一夜的月下

印在星空下

是寥寥几句安静的对话

冰冷的手指在你手心画画

想起清晨被你拾起的手帕

是在天涯里捡回来的惊讶

想起依偎在灯下

温暖着每一次的害怕

想起你默默的牵挂

苏醒我内心的水晶花

夜深人静我听下沙

轻轻敲开门

只有风雨声

流浪的快乐

如果可以
我愿意背起行囊
一直行走在路上
吹着风踏着霜
深思人间沧桑

过去的地方值得回望
冰心一片在净土生长
是素颜的自然风光
偶然眼里泛起涟漪热浪
是一些抓不住的时光
爱过的地方不需要想象
瞳孔里有你的模样
我是否在你镜头里定格
今天读不到明天的结果
我只想要一个自由的我
用一颗裸心去滚动生活

一个人一盏灯

一路过得像风

泥泞在雨中

一个人守着一盏灯

难免孤独难忍

曾经与爱不期而遇

如今却寻不见你

推开四面是黑夜

点燃一支烛光

冉冉发亮

烫破心房

任时光滚滚流淌

有太多的桥段

仿佛很浪漫

是一次次敲开我心的瞬间

如今又在故事里慢慢地瘫痪

我的感受你无法体验

爱我就给我安全感

别让我活在云端痛苦不堪

我是人不是仙

有多少情浓

就有多少思念倒翻在星空

听不见你的情话

让夜里的风

把梦清扫一空

吹送去我的睡意

你是否能懂

爱与恨

如果你爱我

我的眼睛就是一汪清泉

溢出来的是满眼的花香

如果你恨我

我的眼睛就是两道伤口

是止不住痛的心流

如果你爱我入骨

我会疼你入心

我不想辜负任何人

更不怕被虚情假意辜负

在我生命的沿路

每一次遇见都是必经之路

亲情、友情、爱情

我用尽全力感受美好

感悟人生中的风景

我珍惜每一份感情

也想被珍惜

愿每一个您都能如愿吧……

梦幻

如果人心浑浊

我愿做一颗明矾

沉淀故事里所有的杂质

一颗清澈透明的心

清醒地活着

所有的伤口都洒满烈酒

你醉在我心里

我不敢说爱你

也许我能穿越海洋

但是无法穿透心墙

如果人心苦涩

我愿做一颗巧克力

你是否会嘴角上扬

让一份甜蜜缓缓流淌

抵达我们心灵的彼岸

我懂人生是一场磨难

但我有我的梦幻

七寸的高跟鞋

七寸的高跟鞋归来

断在九点半的楼台

印下手掌心的尘埃

收不回爱心的落款

人生一路跌跌绊绊

不见血的疼痛更惨

说不出的苦才叫难

楼上是一个孤独的夜晚

刚刚才盛宴狂欢

为何又如此悲观

拍拍身上的灰尘

那夜的吻还在嘴唇

像是秋天里的永恒

我喜欢你的眼神

我不是你的星辰

你住进我的灵魂

你来我爱你

你走相思给了你……

月悬空隔天涯

抬头望　月悬空

低头思　各天涯

左侧匆匆流光年

右侧相遇又离散

正面对照镜子拾青春

我哄睡敏感的内心

记忆在月光里模糊

生命在时间里流逝

偌大的世界

抓不住爱的永恒

那就保留一份真诚

伤痛是自己留下的孤独

不懂人性就放弃人心

一切皆是因果轮回

明天是月圆的狂欢

我们彼此的视线

投射在一个焦点

月亮望着我们

我望不见你

我们之间没有阻挡

地球上都是路

只是你不想走向我

留下我和月亮握手

中秋月圆

我在湖畔看月亮

月亮跳进水里陪伴我

我在卧室阳台上看月亮

月亮又挂在屋檐上陪伴我

她不属于我

但是我去哪

她就跟我去哪

人类对月亮着迷

这千万年的热爱

也许就是因为

她永远追随我们

不言不语不离不弃

你望着她

她的光芒就洒向你

毫无保留地全情投入

同时她又照亮全世界

可惜我不是月亮

我不知道你在哪里

你和我的距离比月亮远多了

你的影子也没有给我留下

心里的痛和眼角的泪对话

告诉自己外面的世界很大

离别后何必如此牵挂……

九月里的早安

露水生在花瓣上

晶莹剔透那样好

摘下花枝仄变老

秋风又太吵

雁飞往天高

秋雨救不了花草

却洗去了绿袍

看这九月的肌肤

寸寸在苍老

何处藏起来的桂花枝

送来的暗香浮动恰似好

这春还早

冬也难熬

我留在风景里站好

不知谁来装饰我的梦

清晨听风喂鸟

笑语这一季那一季

爱似在树梢

花开花落四季更替

看不见根扎得有多深

指尖花香过后

一切皆空

我只愿采枫叶一片藏于心

等阳光叩开我的眼睛

起床上班问早安

流连忘返

从前遇见总是躲得远远

如今爱上这一片榴莲

有多少时光在从前

有多少现在在改变

让灵魂抚上琴弦

弹一曲熟睡的甜

吻一下自己的唇边

丝丝缕缕萦绕在心间

爱是甜蜜的根源

用心深望过一眼

就难以再复还

沉醉在秋月里

我愿独自缠绵

你飘在我的眼帘

你来是笑意蹒跚

你走是万丈深渊

云里雾里不相见

风里雨里情香散

舌尖上的美味

如草尖上的鲜露

动荡我心思的舞步

我不是一颗罂粟

我愿你青云平步

爱也无须下赌注

生活就是领略一路

人情世故

我喜欢懂人情世故的人

因为由心生爱

给人如沐春风的清新

我喜欢躲世故人情的人

因为由心生利

给人一副衡量利弊的试探

我不喜欢刻意选择

又何尝不出演以上的角色

其实我只喜欢做自己

遇喜欢的人心生欢喜

真心付出不求归途

让岁月灌溉我吧

长成草春风吹又生

长成花开满枝头的青春

长成树愿挂满菩提的果实

再怎么变我还是我

好不能上天

坏不能入地

那我还是站起来

站起来，站起来吧

让秋风搀扶我站起来

或许我只希望脱离

并不喜欢分离

相遇人生

就是一场梦的迷离

我看，我听

生活不允许我沮丧

路边的桂花送来飘香

一个人时光独自疗伤

痛苦无助孤独谁没有饮过

在岁月长河中终将不断流淌

直到今生来世纠缠不清

日月孜孜不倦

四季嘘寒问暖

你我越走越远

已望不见长安

不问内心兵荒马乱

让悲喜陌上擦肩

流下胭脂泪

赎那千年罪

思念也碾不碎

笔芯波光云影飞

看不清谁是谁非

纸上芳华染月桂

摘下一心愿轮回

墨汁舞动夜浓明媚

我看

初见无与伦比的美丽

我听

落叶留下风声的记忆

最后的告别

樱花开满山坡的时候
听老人说很美
孔雀开屏的时候也很美
这些我都没有看见
我只看见一排老人的背影
从山坡上晃下来
晃丢了外公慈祥的笑容

一家又一家的老屋
锁上了门
有的门前的杂草
已经长得很深了

老人们满脸的皱纹
把心里的喜怒哀乐
挤得那么干净清晰
相见总会笑容灿烂
问候祝福回首往事
握手告别总是留恋不舍
我在他们眼里永远是孩子
他们在我生命里永远是亲人
出生的地方永远是根
人生总是有来路
不明去处的是归途
外公躺在了樱花树下

想你的时候

如果我想你的时候

你不在

我就当你睡着了

睡在我衬衣的第二颗纽扣里

如果你想我的时候

我不在

我一定面带微笑

奔跑在生活的路上

没有诗也没有远方

只想藏起我狼狈的模样

百花争艳

坐看窗外蝶飞舞

闭目聆听闻花香

百花争艳似春光

生在此中只是风

吹落花瓣枝头空

花影潜入夜梦中

浣花溪畔雪冰封

万里荒烟寻青松

英姿飒爽醉春风

纷纷滚落红尘中

夜角孤灯照星空

腾格里沙漠之旅

只是听说

早已情深

终于踏进大漠的内心

沙漠里真的没有路

我们仿佛行走在龙的脊梁骨

当我每次走下山峰的时候

脚踩入松软的沙子里

好像踩进大地的心窝里

陷进去的是我对她深深的爱恋

抬起头远方又是满眼金色的期待

沙漠没有眼睛

是我们前进的风采

印在沙漠上使她更明亮

沙漠也没有腿

是我们灿烂的微笑

让她有了真实的心跳

我们给沙漠带来了生命

沙漠给予我们太多感动

遇见大自然的鬼斧神工

融化内心所有的悲悲喜喜

起起伏伏的山脉

被风雨梳洗得整整齐齐

眼前出现的是一块块

神笔绘制连天的画布

就算枯枝落叶也是生动的艺术

当秋风起

漫天风沙飞舞的时候

虽然我的左眼看不见右眼

同行小伙伴们的温暖和关爱

就像这漫天飞舞的风沙

将我团团包围

似一颗一颗金子般的细沙

落进我的心底珍藏

这一次能勇敢徒步穿越沙漠

感恩每一位支持鼓励我的朋友们

是你们给予我最大的勇气

今天我走出沙漠

我最大的收获

是我在沙漠里

留下的那每一个深深浅浅的脚印

腾格里沙漠永远在这里

从今往后

那一幕幕画面和大自然的力量

在我脑海里也在我生命里。

爱是迷途

我要你爱与灵的结合

我相信她在某个角落

为何总是一次次错过

爱意莫名撂倒我

燃烧过后一把火

翻来覆去没结果

我的肋骨还给我

我宁愿独自寂寞

好过你无话可说

我如何才能解脱

心在汪洋大海中漂泊

已走上岸的都是路过

忽隐忽现的才是诱惑

宫廷剧不停地播

告诉我爱别说破

美人心计没用过

一颗真心成了祭神的果

遇不见赴汤蹈火

我只能一笑而过

我的肋骨还给我

我愿意一个人洒脱……

退一步海阔天空

有一种感觉很奇妙

是说不出的味道

我感受到你的烦躁

你在我心里太重要

我什么也不想要

看懂了只能笑

我一步一步后退到街角

寻找一些曾经的美好

故事本来就没有结局

我知道你情非得已

我不想迷失我自己

你想怎么样都可以

我愿意温暖的阳光属于你

我只属于我自己

舔出来的光

生活工作时常送来烦恼

经常风舔着我的脸

雨舔着我的眼

我用咖啡舔着我的心

风吹走微笑

雨碎在嘴角

睫毛锁不住心跳

我的影子依然站在掌心

欣赏恬静的美妙

眺望窗外

下午的天色昏暗

好像时光在脚软

不忍走近下一个冬寒

爱的勇气

生活旖旎透着青色的神秘

如果行走江湖需要勇气

那你别忘记我还爱着你

我愿披上朱砂红的风衣

青丝扎起一抹惊艳的记忆

倚剑天涯对月当空

举杯邀黄河共饮

风萧萧浪滔滔

欲醉意上云霄

将梦境从海底打捞上岸

醒悟过来什么也没有看见

爱意浓浓刻下美好痕迹

印在心中是一瞬瞬无忧的阳光

地铁上的今天

早晨的地铁

挤满了人

心却是一座空城

每个人都在匆匆狂奔

开始爬向一天的长城

仿佛人在上海梦在北京

日子雁过无痕

生命不息生存

昨夜的痛没有吻

我还没有睡清醒

谁踩痛了我的疲倦

我也不需要你道歉

这样的日子早已习惯

我们在人海中流汗

相聚又离散

想起美好的初见

也不知在哪一个秋天

如今遇到重逢的人

也可以视而不见

广播员一遍遍报站

动听的旋律打不破冷淡

人人捧着手机当早饭

好不容易挤进地铁站

衣服被车门夹在中间

有一点狼狈也不能动弹

挤在黑压压的人群中间

不见一只手的温暖

香水弥漫在我的鼻尖

周围的呼吸也贴在耳边

我落在拥抱的世界里孤单

车已经到站

笑容开始灿烂

我愿意用一束紫色的花

向今天问一个早安！

伤不起

我明明不是爱情里的赢家

别把我当成心灵上的专家

你们说的那些牵肠挂肚的情话

也是我熬过的一个个伤疤

最恨的不是冷酷绝情

最伤的不是一渣到底

最怕含糊不清的情话

最讨厌没有立场的自夸

最可恶早已做好退场

责任却推给我来扛

是贪心还是懦弱

是孤独还是寂寞

生生拖垮一个个结果

遇到优柔寡断的臂弯

必定是害人不浅

那么赶紧选择上岸

千万别被所谓的善良

迷惑了你的双眼

你可以让故事继续演

瞟一眼那一副苦楚和无辜的脸

但是你叫不醒一个多情的梦

任由对方疯在其中

别让自己的船失控

回头望

留下的是一丝的风凉

转身选择潇洒遗忘

只当遭遇一次海上的风浪

看清彼此内心的真相

才可以活得坦坦荡荡

那个电话

那个电话回荡难忘

那个场景一直回放

在护理院一张病床之上

躺着一位瘦骨嶙峋的老人

自从奶奶在七月里走后

他补了那一张床的缺口

成了爷爷日夜相伴的病友

一份平静沉在他发黑的脸庞

我问：叔叔葡萄吃吗

他说：谢谢您

已经吃不下

病久了痛也不怕

更不等待能回家

跟着日子往前滑

在癌症晚期里挣扎

安静的病房

听他说女儿很忙

一周能来一趟

老伴身体也不算健康

两天过来一次看望

他感慨人生已经这样

他们来不来他都能体谅

这时他床边的手机

铃声一阵阵地响

看他慢慢地接起电话

一位售楼小姐的声音好洪亮

传来的热情光芒万丈

先生您好!

上海九号地铁沿线开盘了

住宅和商铺齐全

性价比超高

自住投资皆可考虑

千万不要错过机会哦……

听完她一连串精彩的介绍

老人努力地说了声"对不起"

然后按挂了电话

我呆呆地望着他

不知道该说什么话

有一滴泪在心里想流下……

梦醒时分

是谁拧了一下

这满天湿答答的灵魂

窗外传来一片漆黑的涕零

被一阵雨声戳破了我的梦

我是多么不愿意醒来

闭紧着双眼死撑住睡意

无奈思绪被折断了羽翼

波心美妙的梦幻荡然无存

留下一丝眷念的记忆

那镶了金边的云

摘下来就成了金色的耳环

那海水里的鱼

游上了岸就成了美人

风在浪花上织布

时不时扯下一朵云

撒下一把面粉就能定型

闪烁璀璨的星星

一颗颗从天上掉下来

满地遍野的草丛里

落满了星辰

突然一声巨响

天空光芒四射

出现一道金碧辉煌的大门

伴随着开门声

正在缓缓地打开

遗憾的是我就这样醒来

没有看见门后的精彩

自己的世界

活在自己的世界里清爽

不管世态如何炎凉

每天当太阳冉冉升起

我跟着感觉回想

不好的通通遗忘

美丽的贴上心墙

我知道我是胆小鬼

很多时候忍住闭嘴

我知道我轻如羽毛

我自己吹口气轻飘飘

插一束花也乐逍遥

世界很大

我凭什么去看看

人心很小

我凭什么钻进去

你捧我我也不会把自己当宝

你放手我才不会摔倒

写诗只是内心的欢喜

深爱让一切变得简单

当我看见你的时候

是我的耳朵关上了门

听不见你不好的声音

才让孤独走了神

我们在寂寞里销魂

我们等不到解药

但可以互相微笑

我喜欢早晨推开窗户

听鸟语闻花香

我愿意晚上关上门

虚掩着心侧耳倾听

爱人归来的步伐声

一个脚印便是一行诗

秋天的枫叶

拾起一片窗台上的枫叶

也许是落下一段秋的记忆

至今住在风里回旋

永远无法抹去

也许是树与叶的热恋

看上去生死相依

分开永不能相见

叶落在泥沼里跋涉

拖着沉重的大地

匆匆回归自然

树等待着春风

摇醒枯枝的葱茏

我手里握紧的是一片枯叶

也许里面住着困倦的灵魂

我想在蜡烛上点燃她

光在房间里拱来拱去

烟钻进我的眼里心里

呛得我打了一个喷嚏

仿佛熄灭了一个秋天

新芽的时光

思绪就像一根无涯的藤

被新芽裹得一层又一层

长成秋天的落叶沙沙作响

也是猜不透道不明的飞扬

我只能在心上做个窝

安抚自己的灵魂

每日谱一曲日落红霞归

让眼里的鲜花更美

让手中的果实更甜

在清香的空气中

给时光抹上腮红

露出青春天真的微笑

是一份属于自己的阳光

也是一份内心柔软的动容

活着

活着就是最大的幸福

活着眼里的世界都是你的

走在人间十里洋场

苦难只能折磨身心

外在一切只是一袭华袍

总有一天烟消云散

不如活得风轻云淡

天气四季冷暖自知

活着的苦与乐都不是真的

只是渡一次次凡尘琐事

尘缘从来都是如流水

人生更是如云变幻莫测

生命如星光早分不清你我

活着就是徜徉于水云间

活着就是顶天立地

活着就要有接受现实的勇气

万物眼花缭乱

那一样可以唾手可得

奋斗是不认命

放手是知天命

任何欲望只是一时的需求

生活的真谛是懂得放下

可惜人性附魔

心有七情六欲缠身

难修来一生平静

活着就是我笑人人

人人笑我

化无果为有果

化有果为无果

活着才能温暖自己与世界

哪怕越过沧桑还是沧桑

还是那句话活着真好……

爱得真伤得深

爱得太认真

心会变沉重

既然我们背不动

我愿意放飞在空中

从此咫尺天涯不相逢

曾经相遇跌跌撞撞

难忘你日圆月夕的守望

手掌心的蜡烛被你点亮

彼此交织过波浪的目光

如今又被你烫伤

风一摇晃

谎言左右流淌

寒意袭来似霜

烛光遭遇洪荒

所有的爱恨燃烧成光

让我们遗忘

别再清唱

夜色太假

朦胧的月光锁不住风沙

我仓皇而逃

捧出的真心

抵挡着十级风暴

人生在风雨中停靠

用泥土掩埋我的骄傲

我冬眠在黑暗的土壤

等待春天来临

期待一株坚毅的木槿花

清晨的影子

清晨带上影子出门

无法触摸身上的花影月痕

我背对着太阳

影子拉得越来越长

我回头凝望空空荡荡

一颗真心平躺在马路中央

在拥挤的脚印之下欲盖弥彰

风吹不走你思念的脸庞

心浮上你温柔的目光

闭上眼就是万丈深渊

朝前看就别问路还有多远

多想给生活画上一个圈

守候着自己简简单单的平凡

心光闪闪

如果文字可以走路

我爱你会不会变成魔术

黑夜蒙住了我的眼睛

依然看见一颗闪耀的明星

我总是把美好的故事

演变成一个个过往的事故

爱如荷花绽放如风

只恨反反复复来去匆匆

时光没有错

静静看着太阳日落

孤单的影子有大地衬托着

幻觉和现实

梦里呈现再美的花

生活与我隔层薄薄的纱

我看不懂它

它也不知道我在哪

像被蛇咬住影子的尾巴

冰冷的蛇不需要爱吧

只要闲暇时游来游去的欢快

偷偷从古树藤下钻出来

仿佛把我拖到溶洞的世界

壮观的景色稀奇古怪

洞穴高处滴落泉水的回音

成了今生今世

源源不断的真心

乳白色的蛇

变成仙向我走开

放下静悄悄的影子

沉默在梦的尘埃

我昨晚睡得很沉

惊醒在两三点的凌晨

我等待清晨七点钟的太阳起床

赶去上午九点钟工作的会场

也让我忘记爱吧

只留下忙忙忙

在阳光的日子里暖洋洋

白色的光

发呆的时候独自喝茶

小阳台的面积不大

我喜欢摆上几盆花

刚洗的衣服随意地挂

我窝在角落里的沙发

懒洋洋地看夕阳西下

窗外的麻雀叽叽喳喳

一捧小米还引来一只乌鸦

自然勾勒出的傍晚场景

像极了一幅和谐的画

生活背面的碎片掉成了渣

被我关在暗门里慢慢消化

人生美丽又可怕

只能咬牙承受它

生命常遭遇风雪交加

落下一片片故事梨花

飘落的诗意是一道伤疤

手握眉笔勾勒我的脸颊

口红的泥印在掌心里入画

赠九歌徐兄长

策马扬鞭何惧风
对酒当歌笑苍穹
鬓发凝霜似月光
春华秋实照四方

眉峰漏春醉芳草
江南女子心头好
四海八荒宴宾客
呼风唤雨人生乐

隔夜的吻

隔夜的吻很烫人

烫醒了我的灵魂

从陌生走到心疼

如夜空闪耀的星辰

跳动在朦胧的清晨

梦里飘起清新的花粉

迷晕了人世间的凡尘

谁是我可以重叠的灵魂

时间在攀岩信任的蔓藤

温馨的记忆很清纯

不问谁是那个对的人

但愿星光璀璨不留伤痕

我睁开眼看不见你的脸

眼底荡漾起划向你的小船

跳闸

突然停电
漆黑一片
我该怎么办
冰冷的心
一直焐不暖
窗外刮起的台风
像爱不停地搬家
东南西北穿梭地乱刮
在这炎热的夏季
打碎了滚烫的天空
落下冰冷的雨
雨点里依然含着他

我关上门冒雨前行
一路上清理行囊
你又像云朵一样

摇摇晃晃走在上方

时而闪现彩虹的光芒

让我陷入迷恋的疯狂

跟云踏浪沉醉在红尘的天涯

独自在星空下说悄悄话

爱如荷风，清香冽冽

我总是反应慢一拍

你依然站在路口等待

继续以我的节奏继续爱

如果灵魂可以独自行走

我愿意贴在你的心口

是谁锁住了我的自由

我放弃去看冰川河流

和睦地和世界说分手

孤独在我身体里演奏

把寂寞酿成一杯美酒

爱如荷的清香蔓延心头

过客是底色

如果早知注定是过客
何必不顾一切去招惹
生命的底色涂上黑格
往事默默封存在心窝

你说抱一抱
我也不敢靠
越来越觉得爱很荒谬
付出的真心碎成浪涛
已卷走我所有的骄傲
留下一枚指环很闪耀
照亮的谎言无处可逃
寂寞久了孤单陪花草
宁愿一个人懦弱
也不愿将爱挥霍
我忍住不哭
心早已麻木
对于生活
还能微笑就是幸福

别离的痛

从前
你抱我的时候很轻
笑得云淡风轻
今天
我抱你的时候很重
哭得山水重重

从此爱结了壳
留下幻想的诱惑
爱成了一颗天果
想吃里面果实的时候
那像是剥小核桃似的
手指甲都剥出了血
也拨不开一片云来
在这人间酷热的七月
承受着如大地裂开的疼痛
你留卜那一份平凡的温暖
深深烙印在晚辈们心间

时光是一根带线的针
全身缝满了思念的补丁
你再也看不见

我依然有一个心愿

只想轻轻呼唤

奶奶安息吧……

一切安好……

心潮

我爱你的心

就像退潮时的海

一浪一浪想卷你入怀

你说海里有魔掌

缠住了你的心房

让你分不清方向

永远漩在人海徜徉

你爱我的心

却是涨潮时的浪

风一推远三丈

我翻滚在沙滩上

落得一身的伤

你漫出来的爱

泛滥成灾

波光粼粼

穿透我灵魂的心

我们一起抬头望

彩虹会不会在远方

风雨飘摇

风推云

雨打叶

抬头望乌云鼻青眼肿

低头看不见山水

湿透了衣衫

行走人世间

何时流尽癫痴贪

时间破成洞

回音皆是空

东坡诗李白酒

只是一堆埋骨的土

盖不住真颜

长不出风骨

人生何苦何苦

活成只剩筋骨

常常不知心境饮茶

心在漆黑的夜决堤

月下星空有留梦之心

茶舞心头正欢

毫无入睡之意

在这无涯的荒野里

不知哪一个才是真我

等秋风

听窗外的雨
品杯中的茗
看手里的书
等心空的云雀

遇秋风扫落叶
用一张微笑的脸
开出早晨的花
内心充满阳光明媚
感受世界丰盈饱满

喜欢夜听

你的故事从来就不用多说
你站在哪里就是一本书
看一眼便是翻过一页
你坐下来
我也来不及合上
你转过身依然有背影
我关了灯耳畔有夜听

当我们遇见更好的自己
相信会遇到更好的你
向内求是自给自足
累点有底气也够踏实
向外求是俯首称臣
是风景也是浮云
生活的突破口有很多
不同的人生观
不同的生活方式
只要是自己选择的
都是当下最适合自己的
生活的智慧不在于得到
是懂得在什么路口该放手
别夸我善良
只是没有锋芒

醉酒

风摇月上下
雨不断攀爬
云朵踩足下
凡间路面滑
一梦飞天涯

桃源洞

山顶一棵高大的枯树

突兀的枝丫向天哭诉

引来观音洒下甘露

清泉在高空飞舞

滴滴答答直流而下

敲打青石板的小路

山中石缝通天柱

入洞瑞光裹满身

照出汗滴洗凡尘

青苔陪吾渡漫步

跨步跨步石阶云路

掌心接佛光

虔诚观风光

爬上山顶回望

下山心花怒放

三明荷之旅

如果我的眼神

可以流淌月光

我愿洒落在这

一片静谧的荷塘

让荷的清香

扑上我的脸庞

映红我纷飞的心房

想采上一朵荷花

今天陪我走天涯

行走天地间

结缘你我她

走近三明的山与水

我飘过九龙潭

抬头仰望一线天

峡谷风光是奇观

悬崖绝壁住神仙

让我闭上眼睛

闻一下荷香

再喝一口莲子的清汤

吸入仙气去缭风光

我的心驰骋在一朵莲花里

思绪落脚在细雨绵绵里荡漾

一切让我忘记所有的繁华

带上轻快的步伐

听风悄悄地和我说情话

内心的解剖

相知方可相守

生命初期是温柔以待

人生慢慢展开

我总是用情至深

却无法只爱一人

又仿佛心是一座牢门

可以锁住一切

为了爱上自己的臆象

执着于镜中花水中月

在尘世中一次次折腾

最想探清自己的内心

揭下面具

我爱璞玉的温润朴实

又念钻石的璀璨奢华

周而复始念念不忘

一边得到一边失去

岁月燃烧着自己的贪婪

剩下一副躯壳

我思考着自己

爱是我的柔情软语

爱是我的温饱衣食

爱是我痛苦的根源

爱是我快乐的源泉

大清山的海浪

夜幕降临

我幻想着海浪做我的枕头

让我的梦踏浪而行

从黑夜到黎明

是幻影的一汪汪澎湃

感受大海的波澜壮阔

微风帮我解开纽扣

月亮姐姐送来香吻

星光洒满我的全身

当晨光微露云影

海浪成了我的波浪

七彩云霞一朵一朵

落在我的肌肤上

我穿上轻薄的云

披上波光闪闪的秀发

沿着一条靠山的路狂奔

想去追一只传说中的蝴蝶

我累倒在大青山的唇边

鞠了一捧她清澈的口水饮下

我迷醉在她流淌心声的音符里

我所渴望的美

也许就像一朵浪花

容易被风掩耳盗铃

一边呼唤一路吹散

最后被冉冉升起的太阳

谋杀了我一个又一个梦境

一个人的朝拜

一个人的朝拜

将喧嚣停在脚后

回望众生的虔诚

才知自己也是如此

祈福平安

不为情起

只读心动

愿望随心所欲

现实东倒西歪

我从人海浮沉中

抽离到海边礁石上

享受独自静谧的时光

在普陀山的观音铜像脚下

观海看云

听浪起等风吹

陶醉在佛光的怀抱里

是生离是死别

是生离

是死别

两颗稚嫩的小心脏

惊动了全世界

那锋利的刀刃

扎进每个人心底

从眼珠痛到脚心

这道德沦丧的欲望

是如何滋养的

是如何成长的

这邪恶的风

又是从何时吹起的

昨晚在我的梦里

那两个可爱的孩子

从照片里走了出来

他们还是那么开心

奔跑在铺满鲜花和烛光的路上

背着书包一路嬉耍

不断地回头微笑

小宝贝你们要去哪

他们微笑着大声回答

我们要藏起来

我们要躲到云里去

让阳光透过我们的身体照亮大地

让我们羽化成雨水冲刷人心

让雪花飘来

我们落地生根的记忆

让风暴袭来

我们波澜起伏的思念

让雷电击醒爱我的人

告诉他们我们还有心跳

我们在另一个空间

与你们四季相伴

叔叔阿姨老师们

我们只是化身走了

我们是哪吒脚下

一对风火轮转世

来去匆匆都是风

我们从你们眼里

永远地走进了你们的心里

我们不敢和爸爸妈妈告别

怕他们更伤心

你们都别哭吧

我们的童真与你们长存

我们只是失去了肉身

你们看

我们现在已经做回神了

没有人可以欺负我们

我们可以在宇宙里飞翔

对不起……

这回我们走得太轻了

却留下了深不见底的血印

只有轻的东西才能浮出水面

我们被海底里的魔鬼

冒出来的一颗水泡带走了

看不见的魔鬼还沉在海底

你们快点织网吧

把人类的道德捞起来

把人性的罪恶沉下去

可怕的不是生死

怕就怕人生无常

我们先走了

来不及一一告别

我们感恩来了一回人间

我爱你们如同你们爱我

让我们彼此道一声珍重……

（注：上海市外某小学暴徒伤人事件有感）

没有如果，只有你我

如果化成一片枫叶
我愿落在你的手心
给你飘来轻轻的相思

如果化作一颗红豆
我愿生在你的眉间
给你一颗美丽的朱砂

如果化为一滴水
我愿是你眼角
流下的最后一滴泪
让你忘记所有的悲伤

可惜没有如果
所以也没有结果
世界上却依然有你和我

父亲节

亲爱的老爸

云鬓是白发

青衫是布褂

我从小到大

他勤劳持家

生活总是有反差

我的日子山青水绿

爸爸这辈子并不如意

他有太多的牵挂

有时候看他黯然泪下

我心疼我可爱的老爸

我知道他谁也放不下

我多想自己的力量变大

可以保护我善良的老爸

我爱你我的好老爸

父亲节快乐

自我陶醉

走累了
回家记得拥抱
厌倦了
远行走走天涯
苦够了
想想微笑的娃

如果可以
在心里留一道光
为自己的快乐照亮

当夜风吹时
当星月升起

岁月宽慰过往
别在回忆里
消磨美好时光

如果可以
记得，闲暇时
烹茶吟诗作画

一滴梦

一滴墨

晕开相思树模样

女儿媚

握在一滴泪中央

纸死情殇

滋味模糊在眼眶

千百年回望

雁来雁往

碎花碎梦碎月光

旷野奔放

草木疯长

无际天光

吾一人落荒

起舞在草原之上

青衣浣纱似唐装

闭目念宋词吟元曲

晨光熹微露醉己

袭来诗句催早起

念一句奏一曲

尘世你喧嚣

莲花我菩提

午后的阳光

喝一口清茶

品一个春夏

我将一缕春色

冲泡在热水里

一口一口饮下清新

瞬间吸干春天的乳汁

舌尖上回味无穷的甘甜

我凝望着夏日的茶杯里

躺下一片片春天的干尸

春夏没有风花雪月的故事

时光生了白发

心情生出嫩芽

我坐在玻璃窗下

在阳光明媚里思念

真实感

你说你会宠我
答案输给结果
思念用风寄托
吹散爱的魂魄
心底落满寂寞
爱情如此脆弱
现实被火烤过
熏黑岁月心窝

从此形同陌路
你有你的幸福
我有我的孤独

视线越来越模糊
距离依然不清楚
爱让我亲密舒服
又让我恍然大悟
我不懂如何相处
相爱的心中了毒
黑在夜晚你别哭
我无法给你安抚

一转身就变成了从前

静静安眠让心灵走远

我们都会有新的明天

缘分总是不停地旋转

人生因遗憾充满美感

神秘的面纱我揭不完

选择深情地活着

一路没有风景
只有日月星空

人生言不由衷
生命捕风捉影
过程时常失衡
宇宙套路太深
划下一颗流星
碎片历历在目

人有归途
心有心力
人类有奇迹
在于不灭的幻念
命运无定数
梦想有星空
岁月纷纷扰扰
变化分分秒秒
珍惜当下和缘分
用一颗简单的心
露出痴痴的笑
生活总有别样的味道

在这薄情的年代

我选择深情地活着

如果有一天

你走进我的心里

我希望你在我的诗里

生出欢喜 看透悲秋

卖花姐姐

微笑在脸上

是看得见的阳光

小菜场里卖花草的姐姐

要去实现新的梦想

追求一份美丽事业

描述未来激情四射

看她充满希望的眼睛

像点亮了幸福的灯

照在我的脸上

映出一位向日葵的女子

有追求的女人太美了

散发的光芒让人向往

看她启航兴奋一路狂奔

愿往后再遇见依然青春

早安

生活是饱满的

晨曦的太阳微露出香肩

我被窗外的麻雀唤醒

当我蒙胧地睁开眼睛

刚刚的梦境

又从心底隐约浮现

有一点莫名的伤感

闪烁在房间里

是一丝一缕的阳光

成了缝合我伤口的线

微笑永远是一个动词

心痛是看不见的形容词

我们都愿意做一个快乐的人

人生避免不了遇见一些伤痕

探索不清生命的意义是什么

就被无情的时间打败了

我是一个爱听故事的人

只是没有人愿意

讲故事给我听

新的一天又开始了

匆匆忙忙地钻进地铁里
仿佛成了生活在城市里
一条没有心的蚯蚓

下班地铁上

在上海
体验人间百态
有莫名的无奈
人海里有多少痛快
我在地铁里徘徊
车厢在晃动
总有些人与众不同

他踩痛了我的脚
不知道道歉三秒
转身就怒气冲冲地逃
就在我想骂人的那一秒
我想起大家生活不轻松
忍让是对生命的尊重
想起所有的痛
像风言不由衷
笑容里有感动
眼泪流不尽伤痛

心里装满了爱
想着下班回家做饭煮菜
把所有的不痛快

当一个小小的意外

人生就像在车上

如果没有思想

下一站依然很迷茫

把路线的规划当方向

把生活里挫折当营养

坚持做自己

我期待

前行的路上有惊喜

520里的伤感

爱像一场风雪的逃荒

落满人间烟火白茫茫

你想要越多的爱

就注定要承受越多的伤

爱是悸动的心慌

深情不辜负时光

我爱你需要力量

如果你我不能忘

那又能怎么样

也许雪花爱得太彷徨

一层一层结满了迷茫

是一颗一颗冰冷的果

燃烧成我清纯的野火

原来爱情是火海

跳下去就起不来

月老有点坏

相爱的人

不容易在一块

那么就选择

自由自在

把爱的创伤

交给快乐打败

人生有太多的等待

相信美好的一切

就在世界不久的未来

日子

三口之家
厨艺为他
卷袖清洗
瓜蔬鱼虾

喜看小儿
狼吞虎咽
几天不见
格外想念

晚上他教我
玩手机软件
网络不畅
他有所失望
一脸无辜惆怅
扑通附我膝上
我笑着揽他入怀
周末时光
幸福由他而来！

卸妆

脸颊飘起桃花红
红粉情多意朦胧

素妆轻盈移步伐
掀起面纱旧年华

枕上巾儿落梨花
香烛帐下非奴家

夜梦吹箫伴琵琶
正梳妆，月移驾
星星弹唱隔天涯

画左画右画梅妆
迎风迎雨迎梦乡
遇山遇海遇知己
错起错落错人生

梦想闭门羹
樱桃印满身
乘着今夜两情痴
卸下梅妆解相思

剑胆琴心吻前川

纱窗月影挂床前

风邪雨险雪花脸

擦干泪水笑入眠

母爱才是永恒

害相思
相思远
惺惺相惜梦难圆

你沉默
我无语
情起情落是风雨

笑古今
看此生
除了生死莫当真

娘是亲
亲是娘
真情永恒是亲娘

娘的撇捺是一幅画
在每一个春秋冬夏
娘亲伟大一直开花
挂满枝头孩子的田瓜
人间烟火处处蒸发
母爱是永不凋谢的神话
我爱你我亲爱的妈妈

喧嚣的初夏

繁华喧嚣的初夏
青春握紧美的年华
在时光中戒掉平庸
清纱袖系上小蛮腰
口服一只胶原蛋白
安心睡眠踹走疲倦
生出冰肌玉骨
愿你笑得行云流水
纵然宦海沉浮
心是赤子风骨
梦想可以卷土重来
西风吹到月亮之上
愿你清晨醒来
又见绚丽曙光

破东风，入赌注

夜虚掩着门

睡意太轻浅

风敲响温暖的弦

和一曲思维之路

破东风

入赌注

踏浪捞金

步步惊心

皎月风清

爽透几分天真

心似黎明走上街

我愿阿 Q 看世界

时间是水彩

纸上画春树

青稞不成熟

恰逢遇艺术

嬉笑心生长乐路

踢开寂寞冷孤独

转身关灯入眠

夜梦起舞数钱……

（注：风险投资有感）

一样的风，不一样的我

清风告别了春雷
畅漾在夏天的海

一路风尘不后退
蹚过岁月长江水

四季列车装清风
我是否旋舞在其中

忘记年轻
像风一样不长皱纹
想起爱情
像风一样自由选择
风一直都在
吹不走人间所有的坏
我还是要藏起来
像风一样乖
听从云安排
心里的彩虹搭起桥
独自明媚
携手清风与时光碰杯

懵懂

人生为何不能懵懂
真实地活着是一份简单
我愿意这样勇敢
承受尘世间所有的遇见

别笑我痴人说梦
你可以无动于衷
我的世界独自精彩
不在乎所有人能懂
你可以选择不喜欢
我学着看淡一切
爱就爱得不厌其烦

生命顺其自然
生活不想违背心愿
人生不会没有门槛
酸甜苦辣都是花瓣
一朵朵开满人间

总会有些人
伤你无痕
言语像利剑

刺破你泪腺

这样麻木的人

像骨头缝里的肉

啃坏了牙齿也啃不透

不如帅气地挥一挥手

扔给旷野里的野狗

昨日离开含苞待放

今晚推门一阵清香

顷刻之间

点亮我内心的欢喜

是一只百合花的魅影

她妍妍地开在寂静中

芬芳渡步整个房间

沁心生出一份恬静

悄悄等候伴我入睡

晚安好梦！

雾

昨夜的雾好大

车窗外冬风下沙

看不清前方的路

玻璃上是湿漉漉的雨珠

云里雾里不清楚

有路就会有归途

我没有迷失的惊吓

掉个头住个店

就寝下榻安然睡下

夜晚反思人生的途径

可怕是一颗心困惑在雾中

理不清爱的始终

如果爱情不入心

我们就云淡风清

你的温柔你的笑

你愿意和谁相拥相抱

我再也不愿无理取闹

没有花儿娇

没有树儿高

只是不小心闪了你的腰

遇见也是巧

你撞破了我的薰衣草

我低下头默默承受

你留下的温柔

是我看不见的伤口

如果你无聊

喜欢去逍遥

千山万水任你寻

万紫千红总是情

我不必什么都想要

不是真心不需要

真情真心天知道

人生世事飘渺

我愿用一颗幼稚的童心

陪伴自己到老

向往我是空中的一只小鸟

忘记人间春秋烦恼

可以海阔天高

如果飞不进你的心海

我愿意独自徘徊

等一个属于自己

独一无二的未来

五月

我看临近的五月

就像一位貌美的新娘

刚缓缓穿上漂亮的婚纱

是大自然精心准备的礼物

下一场雨

她换一次礼服

刮一次风

她吹一次发型

她的美

在天上云彩里渲染

在湖面平静的波光里沉醉

她用脚勾住四月的暖

依然留存一丝春天的花香

她用手培育着六月瓜果的甜

是一份充满希望的生长

在山川河流之间

掀起一层层面纱

像是明媚的婉约

也有一丝窥见天光的羞涩

过了新婚五一的初夜

五月依然有一份神秘色彩

她变成像少妇一样丰盈

开始孕育着整个大地的果实

年轻的五月最让人着迷

她仿佛是落在人间

一位最美丽灵动的娘子

舞

蕾丝的花边衣裳

飘扬在舞台中央

舞者相拥的目光

深情款款地对望

女子柔软的手臂

被男子轻轻地托起

红色的高跟鞋

踮飞起黑色的领带

舞步交叉着转圈

像一朵朵花变幻

绽放一次次美丽的自然

艺术以最美的姿态表达

真情忘我地舞蹈

快不过追光灯一秒

一份心跳频率的美丽

一直浮动在眉梢眼角

我在听风赏舞

意境袭来一丝孤独

你没有把我的手

放在你手心

我只能把爱你的梦

贴在我心口

让岁月跟踪舞步走

人生有太多的路口

只管勇敢地抬起头

没有追光灯的台下

也有一份快乐的自由

小尾巴

如果我是你的小尾巴

你会把我放在哪

黏上你的世界怕不怕

我活得光明正大

你不用内心挣扎

我知道你有一份牵挂

我在你眼神里融化

春风里剪下一缕秀发

让相思在夜空中羽化

你的声音在我梦里发芽

多想陪你写字画画

口喝了帮你端水倒茶

你累了就休息一下

你饿了我来想办法

煮茶蒸饭我会的

别笑我这热气腾腾的笨拙

我要你抱着我说爱我

喜欢你在我耳边说悄悄话

让我的心在你怀里安个家

给你的温柔像不像神话

我是你的小尾巴

永远都不想长大

需要你时刻把我夸

愿不愿意你说句话

我是不是你的小尾巴……

天黑了城空

安静的夜晚

独自用晚餐

天黑了城空

天亮了刺眼

心里有灯一盏

开关是你的眼

在一起的这些年

麻木了我所有的期盼

放弃了梦想的空间

为何我的改变

你总是看不见

爱不是敷衍

后来的时间

梦依然与你有关

愿我们的相遇

是一场不朽的记忆

我不需要探班

一切没有你想象得那么难

你可不可以勇敢一点点

外面的世界不危险

活出生活最真实的模样

我们可以纸短情长

没有必要不安慌张

我愿意青春飞扬

牵起你的手重新起航

我也愿意给你时间

我怕我习惯了孤单

不再需要你问候晚安！

女人似花

插上一束鲜艳的花

所有的疲倦都搬家

在花铺里的那一刻

心情真的纠结难选择

玫瑰还是百合

向日葵也很不错

满天星我也觉得很适合

认真地比价搭配

有缘的听我指挥

谢谢你们绽放得妩媚

让我在花香里陶醉

带回家的你才是最美

下雨天

下雨天
天空布满雨点
被风吹洒轻松落下
溅起一朵朵水晶的花

她在玻璃窗户上画画
她在雨伞上嬉耍
她被树叶吸收安了家
她在亲吻花朵的脸庞
滴滴答答敲响着我的心房
她在飞舞清洗大地
畅想生出许多奇迹
美丽风光献给夏季
有了她今天给天空的清仓
明天的太阳会更明亮

同学小聚

我们曾经青春的岁月

在大学毕业的那一刻

折叠成愿望的千纸鹤

悄悄放进时光的书签里

每一次相见翻阅着往事

像品鉴飘香的葡萄红酒

甜蜜的醉意环绕在彼此心头

一起疯过青春的人

最能体会校园里的懵懂

是一份快乐的厚重

生出一丝伤感的从容

校园里朝朝暮暮地相伴

有多少故事像小说般梦幻

还记得毕业时最后的晚宴

彼此拥抱的泪水洒向天边

多少友谊的豪言壮志

多少奋斗的辛酸故事

可惜从此不在一条地平线

我们难以相约相见

为了各自选择的生活

在地球不同的角落

当一切皆成从前

珍惜相遇在今晚

内心荡漾着邂逅的涟漪

让彼此的祝福

永远憧憬在心间……

思念不听劝，只因不相见

涂鸦的快乐只有自己
甜蜜的味道只有自己

心里住着一个你
总喜欢晚睡早起

思念不听劝
只因不相见

留一半醉意
入一半美梦
清醒的春风
吹拂心儿动

春泥已经蓬松
嫩芽开始舞动
一颗初心生长向东
渴望打开爱的闹钟
叫醒你怀里的梦
一切的烦恼抛向夜空
当你睁开蒙胧的双眼
我正含笑亲吻你的脸

告别我的小金鱼

我是你寂寞的理由
你是我孤独的出口
在有过你的春风街头
我偷偷抚摸你留下的温柔

当你走的那一刻
有没有想过我难过
都是我的错
粗心大意惹的祸
我恨给你的爱还不够
你选择和我绝情地分手
看着你走到世界的尽头
我依然舍不得放手

爱已涅槃不回头
就让花瓣当床顺水流
鲜花盛开一路的芬芳
是我送你自由的花香

亲爱的小宝贝
让我轻轻吻一次
你那漂亮的红额头
留下这一世最美的邂逅……

童话

你是划亮我诗意的火柴
我不是卖火柴的小女孩
光闪入我梦里的海
故事在我心里徘徊

繁星闪烁的夜空下
美丽的小金鱼泪眼婆娑
她隔着渔网对渔翁说话
求求你放了我吧
我给你三条尾巴
人间天堂地狱
你可以自由地来去

渔翁听不见金鱼的话
因为他是一个哑巴
看着金光闪烁的小金鱼
渔翁的表情兴奋不已
他赶紧捧在手心奔回家
一心想要献给心爱的她
他满脸微笑站在爱人面前
茅草屋里失明的老婆婆好惊讶
她听见有一位姑娘在说话

伸出手又摸不到她

老婆婆急得跺起脚

激动地咆哮

渔翁觉得莫名其妙

吓得赶紧把小金鱼扔掉

可怜的小金鱼挣扎在墙角

还有一丝丝微弱的心跳

他们还在不停地争吵

彼此的答案又寻找不到

渔翁家小黑狗跑过来问好

他听懂了金鱼的话

叼起小金鱼就飞快地跑

护送她回到了天涯海角

海面亮起金光一道

小金鱼对着小黑狗微笑

吐出一个巨大的泡泡

将小黑狗笼罩

泡泡里的小黑狗

慢慢向天空上飘

故事就是这么美妙

小黑狗可以跑天上睡觉

变成一个天狗的传说

这梦醒以后

把你逗乐了……

游周庄古镇

在周庄

在水乡

明清建筑水中央

拱桥下水波荡漾

小船上娇娘摇桨轻唱

楼外楼的歌声随风悠扬

街头巷尾美食飘香

游沈厅观张庄

忆曾经几度辉煌

叹庭院几分沧桑

赞岁月点亮艺术殿堂

当下感受一切美丽的过往

如今的生活画面

依然令人向往

叙利亚战争

我的爱情是远方

一直在云上

抬头看不见模样

闭眼她在心上

无法握在手掌

每一次亮相

彩虹般闪亮

美好的一切

在战争面前会毁灭

叙利亚的孩子

鲜血染红了脸庞

废墟上的逃亡

流离失所的恐慌

凄惨的画面让心紧张

是谁把伤口拉得这么长

叙利亚战争爆发

商人一旦与政治挂钩

欲望就成了无止尽的沙漏

残暴是利字当头

所有一切的理由

是否是侵略者

另一种借口的温柔

叙利亚的石油

叙利亚的富有

引来魔鬼伸出恶手

美丽是叙利亚失去自由

我们美丽善良的祖国

红地毯上是中国战狼

云端上是世界和平的梦想

树上的花

一个不是秘密的秘密
当春天桃花盛开的时候
原来绿叶还没有长出来
当冬天梅花绽放的时候
原来绿叶早已落尽
绿叶衬红花
也许只属于普通的花草

羞涩于春冬里树木的花香
桃花叶子努力带来了果实
梅花叶子悄悄送走的是香气
可能是这样
所以人们用桃花象征爱情
梅花象征孤傲……

呼吸中的微笑

没有谁能阻挡你生活
只有你自己放弃自我
把心打开装进日不落
夜晚有月亮给你衬托
星星围着你笑着闪烁
爱是一种滋养
缘分将你我捆绑
没有什么不能向往
努力实现自己梦想
人间是最棒的秀场
望不穿雨
看不透云
让思绪飘荡在空气中
让我在你呼吸中微笑

梦在空中荡漾

也许对于爱情

得到比失去更痛苦

失去能成为一种永恒

拥有却往往是消失的开始

如果人生是一本书

那么爱情会是一首诗

过程是月圆月缺的歌

亲情似笔墨丹青

是永不褪色的艺术

友情仿佛是绘画的纸张

用来携手共赢辉煌

只能轻描淡写

用力过度会破碎心房

所以说

人生如海洋

日月数星光

一浪推一浪

一丈红尘

万丈光芒

在时空中

只是一次次荡漾

并没有什么不能放下

一切都会被岁月遗忘

学会独处并非孤独

宇宙会给你衡量

每一次安排

是新的未来

用心感受能量

当下就是梦乡

让我们把遇见当美好

一次次的分别当修道

无力的骨

生命有来路

人生无归途

心痛在迷途

也许我的骨头

早已腐烂

日子过得惨淡

也不知道怎么办

不想看他人脸色泛滥

却时常围一张桌子吃饭

融入不进世俗的习惯

日夜忍受精神的摧残

我问天该怎么办

他好像永远听不见

我数着日子一二三

脸颊滚落下来的泪珠

每一颗都是心碎的孤单

突破才是解脱

生活不可能是别人给你

只能是你自己暖自己

选择永远大于努力

在掠过的时光里

我忘记了快乐

我麻木地活在光影里

我的灵魂像遇到了幽灵

把我的心捆绑成巨石

压在我心口喘不过气

当我初心落地的那一刻

摔成一块块的玻璃碎片

每一块都是我心的裂片

没有人理解我泪水的痛苦

空气里弥漫着谩骂和指责

更没有一丝爱的安抚

如果我所有的付出

在你的眼里只是空气

那我只能拂袖而去

我宁愿让自己辛苦

也不愿让任何人心堵

当我离开爱的战场

忍痛拔下心口的利剑

清理穿透心灵的伤口

我不指望她能愈合

我知道已到负荷的极限

当我怕失去的时候

我已经没有了选择

当我放弃一切的时候

我恰恰拥有了自己的生活

如今每天早起身轻如燕

在春风的花香里笑容满面

已经不在乎所有人的背叛

学会用自己的方式爱自己

轻轻拍拍身上的尘土

滚烫的内心依然富足

一切从新开始

做回快乐的自己

给你勇气一起加油吧……

仰光

但愿在花开的季节

梦的种子洒落在阳光下

裸心的潇洒是一种境界

专注的眼神不分国界

画的呈现是静态的执念

诗的生长需要一点点情感

工作不一定是梦想

努力认真会有所成长

生命在于体验每一个当下

别刻薄自己忘记梦话

遐想是自己的乐园

每个人都是一个地球

思想是自己的宇宙

遇见挥舞一下衣袖

给对方一个温暖的微笑

迎接你的是阳光普照

在有爱的时光里

一切都显得那么微妙

芈月

如果有一个故事很精彩

那里面的我有一点呆

说不出是爱还是坏

大家都笑得很开怀

爱得无所谓未来

暧昧像喝水一样简单

眉来眼去疯疯癫癫

都说自己对爱有追求

千千万万个理由

各有目的各有所求

形形色色各千秋

勤勤恳恳不罢休

我让出手里的球

又没有人肯收留

我捧起手里的球

又被骂砸晕了头

一个个精明得像个球

我好像在梦游

分不清所谓的理由

东听一句西一句

理不清爱的头绪

我醉在风里头

雨在夜里流

潇潇洒洒没自由

我低下头

脚离不开地球

看着手里斑斓的球

太多的伤痕有残留

时光像水一样流

冲破了我手里的气球

爱的春风入河流

我的心窝谁在驻守

只能拾起烟火

努力活成自我

亲吻放逐的时光

收获心底的快乐

生活里的球

能滚东西我不留

心情翅膀

就算美丽是一张船票

鸣笛声也时常跑调

岛上的礁石惟妙惟肖

可惜不可以停靠

希望容易感冒

湖泊不会睡觉

一片片落叶在水上漂

树梢上的鸟儿

像孤独的暗号

聆听着季节预告

偶尔也会反抗乱叫

飞不出地球罗盘的圈套

谁能给我一只马良的神笔

让美丽动人的姑娘跃然纸上

点亮眼睛就能粉墨登场

下凡人间灌溉爱的欲望

一定会像春笋一样疯长

给你好心情让你长翅膀

山河永远不会老

风雨磨难不会少

只要你勇气比天高

她依然为你骄傲

谱一曲洁白的月光

把美好的感觉

洒落在你的心房

你的快乐就是我的向往……

幼儿园里小小童年

小小的童年

笑声琅琅无边

我要穿好我的小外套

这是我成长的记号

我亲爱的小伙伴

伸出你的小手

让我们一起加油

我会听老师的话

爸爸妈妈不要牵挂

我好奇地东张西望

并不是害怕惊慌

我要快乐地长大

向前一步步走天下

太阳给我光

星星给我梦

白云蓝天给我时空

祖国为我行动

立下赫赫战功

一路借我东风

给我温暖的摇篮

让我的梦想不会遥远

老师时常敲响警钟

叮嘱我学习需要用功

我的小伙伴

我们童年不同样

载满缤纷的影像

牛奶糖果巧克力

一起分享甜蜜蜜

世界对我们充满了爱

我们要努力向前

迎接美好的明天

风凉

谁不爱家乡

可总有逃荒

看着多少人

为了生活背井离乡

在城市中闪出微弱的光

与当下隔着心墙

与过往隔开时光

曙光永远亮在他们身旁

只留给他们羡慕的目光

和一脸的沧桑

他们好像有根却没有家

心在繁华都市中漂泊

整日辛勤地摸滚打爬

活在尘埃里

淹没在人海里

呼唤的风吹着破碎的梦

把多少穷人的骨骼钉在墙上

被多少富人踩过肩膀

他们在向往的微弱晨光中

流淌善良的血液

手上长出厚厚的老茧

有时最卑微的生活

留给一群最美的劳动者

岗位不分贵贱

人生是一场体验

年轻的我们必须成长

时刻保持一份善良

平等和谐的梦

在不远的前方……

出差的心情

翻阅一本书的时间

就飘落在另一个空间

深夜月亮下的济南

我看不清她的脸

听着出租车师傅陌生的语言

穿梭在没有路灯的马路中间

坑坑洼洼的路面

颠簸得像摇篮

可爱的师傅偷懒

遇到建设中的济南

在小路中乱转

被一个个工地阻拦

天上月亮星星都没有变

目的地越来越偏

出差的心情比不上游玩

不是去那神秘的五龙潭

不恋那天下第一泉

也不会奔向有夏雨荷的大明湖畔

推着行李入住在舒适的全季酒店

心里躺着一块两公分的混凝土薄板

但愿明天一切顺利

可以为济南的建设

添一份美丽动人的容颜

感恩过程中一路支持和遇见

心里绵延一份期待

向初恋似的济南道一声晚安！

七夕夜的情话

我的情绪无法控制

我的感情不敢放肆

我愿意等待

我不怕失败

七夕我过得不好也不坏

人间的精灵喜欢秀恩爱

场面稀奇古怪

气氛温柔以待

我是孤独的地带

缺少一点点关爱

我不该期待

又幻想被爱

缘分难猜

难以表白

煽情的年代

我被遗忘在尘埃

自从你的爱窜进我胸怀

始终我没有力气拔出来

爱的美好不在分分秒秒

可惜我不是你的宝

世界有太多的美好

你可以尽情地寻找

我知道我不是最好

我的爱轻如羽毛

飞不到天涯海角

我愿意把你留在眼角

爬上的皱纹慢慢变老

我偷偷为你祈祷

只要你春风彩旗飘

古老的神话是我的情话

我爱你不需要鲜花

我盛开在你脚下

我仰慕你的伟大

我爱你别怕

我的内心强大

可以没有你的牵挂

孩子加油

工作再忙

也要为家乡

生我养我的地方

那里的土壤培养出善良

给予我阳光和坚强

孩子是祖国的栋梁

故乡的城墙

未来的希望

孩子别怕

困难是海滩上的沙

我们为你画上一幅画

斑斓的色彩由你自己去涂鸦

时光回到从前

我们也很不起眼

一路走来

跌跌撞撞……慢慢成长

辛酸的历程不必多讲

每个人的故事都很情长

一辈子不短也不长

最要感恩的人是爹和娘

今日回故乡

不为掌声来

只为一滴爱

韵染成花开

小小的无为

大大的爱

无论在异乡还是在海外

我们的心儿永远在一块

孩子加油！无为加油！

（注：感恩安徽省无为市企业家们为家乡学子无私奉献爱心）

界限

你吻了我的唇

惊醒了我灵魂

原来人生分两层

一层是凡胎肉身

一层是精神灵魂

从前我只需要三餐果腹

现在也明白深情不负

想你想到红霞飞

你在我酒窝里沉睡

曾经扳开你的手掌

是滚烫滚烫的心脏

忘不了十指相扣的力量

爱在彼此手纹里流淌

如今不知道怎么相处

思念用寂寞围堵

你的掌心没有了我的手纹

是否留下水洗的泪痕

你的吻好纯

我的心好真

纯真的情为什么那么轻

静悄悄地离去没有声音

是不是人类中了蛊

爱总是喜欢反反复复

如果你再多的爱也不够

我愿意静静地走

只要对你有帮助

不怪你没有安抚

如果有一天你孤独

我愿意去保护

做快乐的人

我要做快乐的人

请你说些快乐的事

我们一起做游戏

忘记惆怅

忘记伤悲

我们一起吹吹吹

所有的梦想放在云上飞

人生短暂

何必感叹

还来不及好好活

生命可能就会熄火

借着东风抽支烟

吐出烟圈散去烦

来吧来吧

我的小伙伴

我们手拉手

我们围一圈

我们让谁站中间

风水轮流转

快乐无界限

让我们生出爱心

让我们爱无止境

阳光照在脸上

微笑暖进心房

快乐就是有你在身旁

甜甜的快乐我正在品尝……

我是一个老姑娘

我是一个老姑娘
急坏了爹和娘
过了三十岁
爸妈催催催
相亲无数回

我不在乎他长得帅
他不是我的菜
话题死得很快
面对面坐着不自在
彼此努力地微笑
我依然没有心跳
我要找什么借口离开
回家又如何向爸妈交代

我是一个老姑娘
我有我的善良与梦想
宁愿没人爱
我也不想耍无赖
抓个男人当备胎

我亲爱的爸爸妈妈

我一个人过也很好

别逼我相亲好不好

你找来的宝

有的骄傲有的菜鸟

就算我是一只菜包

我的面粉也需要发酵

没有感觉我不要

我要的爱

既然不在

何必谈恋爱

我愿意去等待

用一生的期待

把爱留在梦的尘埃……

我是一个老姑娘

我有我的善良与梦想……

我想造个传说

太阳照得白云透亮透亮的

我只想切下一块小小的云朵

把她插在我们的生日蛋糕上

让愿望长出翅膀飞翔

可惜被狗偷去当了床

它醒来的时候就可以吃掉月亮

宇宙会再生出一个一模一样的月亮姑娘

来年再等它醒来品尝

这是否可以成为天狗的传说

打开月光宝盒

小鸟飞起撞上白墙

血从嘴角滴答滴答淋下

撞晕的鸟儿转圈地飞

在它坠落天涯的那一刻

墙上出现了一个火红的太阳

白墙融化成了祥云飘上天空

原来太阳是月亮的愿望

小鸟是月亮派来的梦想

牺牲了翅膀

月亮依然孤单

她想要的那个圆

只能挂在白天

永远到达不了彼岸

彼此相约造梦人间……

自我的情话

早晨起床睁不开眼

感觉自己像浮萍一样

缺少坚强

可怜的人儿

幸福美丽的模样

空空的心房

心无依靠

只能微笑

眨眼都会心疼

一个孤魂

每个毛孔散发着芬芳

嗅到的却是忧伤

奔流的河床带走放纵的情感

真实的心跳

鲜活的孤傲

办公室的百合花

又让我多了几分喜悦

是不是心碎了成花

变成了一块块冰碴碴

幻觉出漫天烟花

呈现出诗情漫画

活在自我的世界里喃喃自语

不是社会可怕

是自己不够强大

我从你的心里走出来

你来到我的诗里徘徊

今天的风真大

从腋窝窜进心窝

掀起整个冬寒

待春暖花开时

独自去旅行吧……

去日本看樱花

去长滩潜水

去云南丽江自由行

呵呵……

去厦门鼓浪屿也可以吖

好！

给自己一个约定

当下努力工作吧

待我攒够钱

独自漂洋过海

独自浪迹天涯……

2018年的初雪

飘雪的时候

我不愿意打伞

让雪花落在我头发上

脸颊上、围巾上、红唇上

感受天空卸下的冰心

融化一份纯洁的邂逅之源

漫天飞舞的雪花

多像缥缈的爱情

前方一眼望去

满眼是轻盈的倩影

是自在翩翩的空灵

在风光中飞渡

一片片东张西望

在一草一木上卧尘缠绵

沉醉一份初心的光明

摇曳的枝头流淌爱的痕迹

掉了晚秋已入寒冬

天空中浮着那么多的美

让人心潮澎湃

让人思绪想入非非

可惜没有一片可以抓牢

看着掌心融化的雪花

像一滴清澈透明的泪

雪停了

眼里的爱还亮着

柔情在静止

亲吻吹着冷风

去穿掠闪耀的笑容

我安静地站在阳台窗前

依然仰望着湿漉漉的天空

雪愿

雪花乍起

依偎寒风

眷恋匆匆

飞吻在空中

思念在飘动

你是我睡醒的梦

我是你追逐的风

零下十度在心中

凋零雪花落心头

千回百转几许愁

旧枕寒流夜无梦

闭目一处雪景来

银装素裹等春开

自白

天空下着雪

洁白着整个世界

我握起素笔自白

倾诉内心的一点爱

你们说羡慕我

活得好洒脱

才情像一团火

有诗意燃烧起生活

我只能一笑而过

诗情画意是伤痛的结果

那只是冰山一角的花朵

千疮百孔的心才是真实的我

生活总是孤独的日子多

失落的愿望多了

就习惯了寂寞

如果你了解我

我的生活平淡只剩工作

偶尔心里泛起爱的涟漪

只能从笔尖流淌心意

自我感动傻傻的甜蜜

时常半夜露水凝结心头

窗口的月光望着我

传递我无限的爱意

流淌一个又一个失意

照亮我内心的一丝华丽

我抱紧被露水打湿的自己

失约

你走得好快

油门狠狠一踩

错过我心底的期待

以为呼唤你会回来

不是我的错

不是你的坏

只是我们爱得太苍白

话还没有说明白

片刻的等待

就让你心生不快

原来我轻如雾霾

坏心情笼罩而来

你的理由信手拈来

说冬天冰淇淋融化得快

看你飞奔得迫不及待

一份甜蜜送给你的爱

我还在路灯下徘徊

是一种浪迹天涯的无奈

冰冷的风吹在我耳海

黑夜里看不见未来

听不见一丝的关怀

沉默变成了无情的伤害

我的幸福从何而来

热泪滚滚渐渐明白

我是可有可无的替代

你不需要用心去爱

随时可以潇洒地离开

不必等我的爱醒过来

我是没人宠爱的坏小孩

梦境

看着眼前粉红的香水百合

忽闪忽现出昨夜忘记的梦

我赤着脚牵着马低着头

在雪地里漫无目地行走

前方遇见一只凝望着我的狗

我蹲下来轻轻抚摸它

突然雪就瞬间开始融化

树木慢慢发芽开花

顷刻之间春意盎然鸟语花香

我惊喜地想好好欣赏一番

我兴奋地站起来

四周又漆黑一片

又见嫦娥披星戴月而来

她摘下月亮当镜子

我问她我是谁

她淡淡微笑着回答我

别透过别人的眼睛看自己

眼睛一眨就变了

镜子里的自己才是你

我从她的镜子里撞回来

模糊的容颜长出裂缝

我的灵魂钻出另一个自己

一模一样的我越飘越远

真不知有没有到你梦里

眼里的心

飘一片雪

落一场雨

起一阵风

开一朵花

念一个人

翻一页书

这些无数瞬间

牵动我的眼睛

清澈我的心

如果眼睛是身体的漏斗

那容不下一粒沙子

如果眼睛是心灵的窗户

能放眼天阔地长

收下四季春秋

斜阳、清风、明月、山林

眼睛锁不住这大千世界

闭得越紧越漆黑

原来眼里的世界只是流光溢彩

只有心有所思一切含情而来……

最美的风景不在眼里在心里

遇见徽文化

墙上写着：让思想碰撞

让故事发生……

外面的世界喧嚣

在这宁静的一角

徽文化的传播恰到好处

请我们不要捂住眼睛

抓起四散琉璃的心

听大咖们不一样的声音

此刻留下美丽的心情

在每一次遇见里闪动

我眺望海上江月星空

有姐姐的梦哥哥的笑

芬芳着文化的味道

我柔软的心踮起脚跟

每一个榜样都需要看清

内心千百次奏响感恩

"遇见，徽文化"……

恋爱时光

时间像流水一样

波涛皱在了脸上

我拿什么将爱珍藏

用一滴泪闪耀光芒

坠落在无边无际的海洋

我的梦里有你才能滋养

多想你一直在我的身旁

看你笑容荡漾

看你眼神惆怅

看你背影悠悠晃晃

吻你的脸庞

听你说遥远的过往

打开城市的门窗

细数青春的初妆

默默轻数时光给的忧伤

记忆熙熙攘攘

快乐满满当当

人生匆匆忙忙

我在静静欣赏爱的玫瑰绽放

我迷恋这一阵清香

沉迷在爱的牧场

独自躺在冬天的床

心里数着山羊

思念你的胸膛

百合开出你的模样

……晚安

勇敢的爱

今生我愿是爱的赌徒
不在乎输得一塌糊涂
愿意为爱情粉身碎骨
像浮萍一样没有归宿
在无涯的红尘里漂浮
我承诺将爱诗意挥舞
抱紧你一路与我共舞

撞上了爱情就奉陪到底
不介意付出成不成正比
思念是千年不解的谜底
写下你的名字寥寥几笔
来世我们会不会在一起
如果再遇见你转身就走
我会告诉自己曾经拥有

望月

望月问相思阴晴圆缺

心起细风吹落梨花

相忘于海角天涯

何故如此晚来风势

赢得伊人清泪

君临高月下生华

爱恨交错醉醉醉

月移花影动

半夜透凉风

踏着月色归家

忽闻露浓花香

窃喜，窃喜

折破三两枝

迎梅屋上喜

插花窗纱底

残枝敲断梦

起身煮水分茶

时光空使驻马

流淌载不动的年华

日光

在这个冬天

借给我一支烟

燃烧掉所谓的春天

做自己心灵的裁缝

让生活在时光里凸显况味

修剪属于自己的气色风骨

一次又一次轻轻点亮现实

烛光在摇晃的酒杯里起舞

不辜负相忘于江湖的日子

失恋

没有你我很痛苦

好像被切断了一根肋骨

你用微笑粉饰红尘迷雾

我的心守不住你爱的维度

握紧你的手也不能一起走

仿佛你突然醒悟

怪我断你爱的后路

让你越来越孤独

我给你的 37 度

不是你想要的幸福

看你柔软的心在退步

我不怪你停止爱的付出

我知道你的沉默

其实有很多话想说

如果你觉得疲惫

走开不是你的罪

留下的伤口我自己吹

记忆慢慢回味

爱上你我不后悔

你是鸦片不是咖啡

上瘾的日子想入非非

全身麻醉心空乏味

一颗爱你的心在枯萎

小小的坏

我喜欢

朦朦胧胧若隐若现

我喜欢

你看我的眼神左右顾盼

我喜欢

你发来的图片美轮美奂

我喜欢

你给我的陪伴心河斑斓

我喜欢只是喜欢

暧昧是片刻的火焰

我愿意配合你表演

小心思让我情绪闪电

你总是让我猜

退一步不是备胎

进一步又没有恋爱

你不是我的真爱

我活在无趣的世界

却不忍心给你伤害

其实我没有你想得可爱

我也没有那么那么的坏

不想欠下感情债

小小虚荣心在作怪

暧昧的颜色美过谈恋爱

可惜永远不会精彩

只能游戏不能告白

梦境成真

好多年不见

你突然出现

错过了从前没有今天

爱一个人好难

明知道是谎言

也不忍心揭穿

当热情开始冷淡

爱情需要考验

我们没有过关

爱消失在人间

你关闭感性的开关

你将理性迅速上演

放弃美好的爱恋

别说你心里还有思念

在你转身的瞬间

所有的爱烟消云散

悲伤是你给我的狂欢

我熬过一个又一夜晚

故事继续上演

再也不需要你的陪伴

你是否安好与我无关

西湖畔

望江南，西湖畔

春意黯然不见暖

年味浓心思寒

采朵茶花喜开颜

冷风吹得人憔悴

寻觅故事动心扉

一汪湖水晃人间

晃出传奇落岸边

西泠桥边苏小小

长卧舞姿情曼妙

精忠报国岳家门

风波亭上梦断魂

武松单臂擒方腊

英雄打虎传天下

侠骨豪情此下榻

陪同后人观浪花

白素贞断桥遇书生

相见恨晚千古传情

金山寺破和尚法海

不分人间青红皂白

白娘子压雷峰塔下

风荷残，墨色淡

美感用眼瞧不见

几分饥饿催上岸

楼外楼上客满为患

盘中叫花鸡

心里东坡肉

梦幻邂逅济公一壶酒

一醉方休解千愁

意境朦胧

湖面蝴蝶飞舞

情深似海梁山伯祝英台

两岸苏堤等春晓

告别西湖梦醒来

明日美景又入谁人怀

期许

欣赏完整平静的新年

没有小时候的期盼和喜悦

说不上来少了些什么

也许少一朵躺在云上的青春

飘走了身边很多位亲人

一路走散一路思念

我仿佛从森林中孤独地走来

月色下没有看见过梅花鹿

仔细翻寻柔软而敏感的心

眼前半死不活的水仙花

曾经是如此的娇艳欲滴

感叹花期短暂如爱情般纯洁灿烂

爱是春天的雨灌溉每一朵花影

心里长出思念的玫瑰

开在脸上红破了脸

偶尔也会刺痛双眼

一点一点枯萎在时空里

情到深处自然忘我

二〇一九我想对你说

我爱你夜晚的疲惫

二〇一九我想听你说

我爱你清早的素颜

问

你用冷漠和我握手

冻得我全身发抖

相爱只需要牵手

那一刻我低下了头

依偎在你怀里享受

你的笑容洋溢着温柔

多想幸福就这样天长地久

可惜爱只是一股浓浓的暖流

从你的手心蒸发成酒

你一饮而尽醉过就没有

如今堵在了我的心门口

爱成了一颗毒瘤

你有没有想过挽救

看着你漫不经心地发呆

恋爱像完成工作般无奈

其实我们这样的相爱

是一种无情的伤害

我的爱情努力得找不到北

怪只怪我爱的认知能力太苍白

抓不住爱的纽带

还不完千年的情债

如果你不爱

不需要理由

你可以换一条路去走

我祝愿你幸福到永久

我只要你开口

在我耳边说你想走

我不会挽留

我给你自由

爱过

你爱过大海

我爱过你

你爱着天空

我爱过你在心中

你踩踏着大地向前

我印在你的眉间周旋

你想着攀登高山

期待着风景不一般

那我给你无限的时间

我站在路边

看你越走越远

愿你经过的地方

都春暖花开

你爱春天的色彩多姿

我爱冬天的素静典雅

我们站在同一个地方

但是我们隔着秋夏

看不见夏天的花朵

错过了秋天的收获

当我俯下身子

弯下的腰很酸

看见的脚印也没有路线

当我抬起头

原来我也需要勇气和自由

行走在路上

听说梦是前世记忆的碎片

那么每个夜晚一躺入梦乡

是否就是进行一次穿越

仿佛睡熟了就能活在宇宙里

一醒来只能活动在地球上

每日清晨我数着太阳

时光又匆匆将我遗忘

太阳今天又喜欢捉迷藏

没有阳光我就捧出信仰

吻一朵花的芬芳

喜欢这粉粉的清香

瞬间修复我的气场

带上爱的光芒

行走在路上

雨水似甘露滋润心房

三月的春风还有一点凉

此刻心灵宁静而通畅……

初春

初春花开早

心思不知晓

枫叶落尽情缥缈

种下红豆长满草

地下藏知了

醉春等惊蛰

掀起旧冬衣

乍醒婴儿脸

暖在大地怀

浓情初成长

去年影子今年仿

裸妆渐渐涂新颜

一草一木驱心寒

柳芽探春露桃红

粉蝶蜂飞燕舞归来

春风起破、破、破

春雨露长、长、长

风雨人生无常、无常、无常

梅花下的梦与酒

喜欢绿色的植物

种植在室内的墙面

更显得生动活泼可爱清新

自然沁人心脾

喜欢阳光透过玻璃窗

暖暖地照射在身上

喜欢角落酥软的懒人沙发

工作在等待的闲暇中

度过一个香喷喷的梦

醒来希望遇见

每个快乐的当下

三月初的春光拉开帷幕

仿佛是春姑娘分娩的季节

我落在世纪公园梅花下沉醉

聆听着一片片灵魂纷飞

拥抱微笑让人间如此美妙

我偷偷亲吻一个树洞

想将我的心思掏空

她的清香刚抵御过风霜

她的心是纯真的自然风光

她听不懂我的忧伤

我在昼与夜交替里流浪……

发现美丽的风景

总让我迫不及待地追逐

留下的美丽也只是幻觉

所有欢声笑语

再激不起酒杯里的浪花

我的心被烈火烤炙着

痛到脸上依然是微笑

流出来的血泪却成了诗……

春光红楼

春洒流光层层染

给花给草醉眼帘

心似荒漠情无言

一春一春生红颜

花开花落恨暮年

心心念念不得闲

春推岁月已惘然

春分遮日蒙蒙雨

细听花语风踢雨

欲擒花瓣一树雨

葬花吟里泪揉雨

乱粉桃花空折枝

点点滴滴入相思

枉凝眉里遇相知

红楼一梦无归期

工人的辛酸

今天制度为大

白天空着脚手架

静静等待夜里攀爬

地面刮风下雨

工人才偷偷窝在角落里

躺下似一朵盛开的花

治愈地上冰冷的伤疤

橘色的制服太刺眼

躲在墙角依然被人赶

能否给他一点春天

也许只是一个笑脸

工人的身体常年被灰尘污染

更需要一点点心酸的温暖……

婺源游

我从城里来

要到山里去

我从山里来

要回城里去

人生走在重复的长卷中

仿佛心境彼岸是一面魔镜

一切皆有可能幻影成像

在岁月的光谱里留下无声音符

在这个春意融融三月的周末

早已期待遇见婺源印上一页

我凝望远方阅读春风寻觅花香

故乡的温情系上我的微笑

我们一同携手穿越丛林

山路崎岖翻越再翻越

十五公里路程颠簸难行

我的包落在别人肩上

她的孩子抱在别人怀里

无为商会凝聚爱的力量

在他乡遇故乡不分彼此

在遇见徽文化的感召下

我们一路神韵墨香

我们飘逸到哪里

哪里就是好风景

让春的柔情拨开你的心弦

婺源理坑的溪水潺潺

流淌着一份份向往的情怀

徽州建筑独特魅力

将一直绘制在学生的画笔下

让美丽的遇见心系你我他

再见于婺源

感恩一路同行

一个人的悲伤

推开门漆黑一团

一个人拉开灯

一个人洗好碗

一个人陪月对一盏

一个的寂寞成狂欢

你值得陪伴为何孤单

冬天独自捂热冰冷的被单

春天花香弥漫整个房间

慢慢练习一切看淡

感受自然随遇而安

仿佛爱能给我温暖

却又无法填满我那沧海桑田

电影里浪漫的情感

还在我脑海里浮现

你说那不是在人间

没有烟火是神仙

我想起你的脸

泪落在的午夜的琴弦

浅笑回眸成云烟

挽起长纱说再见

你的心很柔软

我假装看不见

不愿意爱腻而不甜

就算牵起你的手

我知道有一天你会走

好远又好近

我早已分不清

分不清真心与爱情……

不是归处便是归处

昨夜梦境烟雨迷离

村庄一如画境

人物一一健在

人生三十余载

恍然浮世如梦

回想儿时出生村落寒门

居住篱笆小屋

院前两株桃花

一荷池塘

屋后一口水井

一隅之地堆满童真

甚是喜欢

村里男女耕田种地

日出而作

日落而息

早晚鸡鸣犬吠

孩童结伴而行

一路嬉耍田野之间

早读晚归

人丁旺盛

尊老爱幼

布衣菜饭

笑容灿烂

热闹非凡

清寒喜乐……

如今岁月流逝

历经沧桑变幻

世事飘忽不定

难断生死离别

展开小村画卷

人稀草长

落幕的村庄

拉远了过往

静悄悄地在荒凉

那一家家篱笆小屋

早已在记忆里模糊

倒塌得无影无踪

村庄的路宽了

砌起的红砖楼房

坐落在树木杂草之中

锁上的门越来越多

去年人去楼又空

时光晃丢了我外公

让故土盖住了真颜

四周小径杂草丛生

满山樱花地下是亲人

花落人亡两不知

清明又到淌相思

人世离合悲欢

莫问山长水远

踏入红尘深处

梦里梦外皆是情债

人生所遇尘缘亦是劫数

相逢惊艳了风日

浮华将葬于岁月江河

人生若是行云流水

不知归处便是归处

早安……

海上樱花梦

海上春光陌上樱花

漫天飞舞花魂玉骨

铺满屋顶石路台阶

风尘滚滚惊鸿梦塌

入梦问佛前世今生

花枝斜影仙山云崖

仙鹤折枝筑巢

啄破花朵玉瓣

轻落转世投胎在人间

聆听佛前千年古刹

晃荡浮世尘海情缘

寻芳飘散并肩之灵

缘分枯荣离合天意

人无千日好花无百日红

情非得已绊痛人心

遇一片浮云凋零青春

那段梦里樱花

感动心中的你

惊醒梦中的她

花落花开听之任之

忘记彷徨失措

伴她晨晓日落

暖你一世漂泊

静幻梦里樱花

笑语西窗夜话……

光阴似箭

岁月如梭 日月更替

亦有悲意 亦有欢愉

时光如潺潺流水

少年猖狂潇洒

听不懂光阴有限

道不明人生荣枯有数

当年我也将青春抛远

光阴匆匆催我远行

谁人不是天地间过客

唯有一颗童心不愿老去

往后余生几度春秋

愿典当过往云烟

若有未了尘缘

可否携一人之手

持一颗真心

相知相守共度流年

明知情是妄念

寸寸光阴茌苒辜负

几度清明不见亲人

立于墓碑之前

万物皆成空相

唯有思念源远流长

一物一情缘

仿佛投生人世

背负使命带有债约

从村落驿站飘落城市楼阁

一路风景铭记于心

感恩故人

共度凡尘一剪光阴

如今深情难许生死诺言

人世苍茫幻化成风

一切因果皆是必经之路

沉浮起落不争不扰

聚散无常用心安妥……晚安

一米春意

一片落叶把我的心打开了

原来我的心比世界还要大

春夏秋冬都可以放下

没有你也就没有了寂寞

思念让你有一丝温柔的牵挂

我知道我的心

没有新西兰的天空美

但当你住进来

我的心就满了

从此不再孤独……

你给我的风景刚刚好

我不会吵也不会闹

喜欢看着你一颦一笑

陪着岁月在星光里燃烧

几米微风吹得春光老

握紧你的手那般美好

我在你怀抱里越米越渺小

世间真情可否到老

彼此用心相爱

又怕被流言蜚语击败

我不想庸人自扰

多少次关闭耳道

难免伤心又躲不了

如果你不够爱

可以痛快地走开

别在犹豫里徘徊

好人坏人不需要自白

别让时光烫破了自在

我愿意静静等待

守候一份爱的独白

你被我流下的泪水覆盖

破碎的心一块一块落进尘埃

我不该我不该心里住小女孩……

生机在心底

如果你喜欢种树

那我喜欢种花

树会长大花会开花

看着我们种下的爱

在没有土壤的空中枯萎

被风雨摧残

我无能为力

慢慢在流失一颗璀璨的心

在暗淡的星光下

让泪水尽情流淌

变成清晨青草上的露珠

当我看见春天

我就看见生命的力量

如果生活是一堆废墟

那么在废墟里

看不见废墟

如果心里有一束光

在哪里都会亮堂……

飞扬的心

飞机的翅膀嗡嗡作响

让我像风筝一样飞翔

摇摇晃晃在风中央

仿佛被一朵云砸伤

我在天空之上慌张

我愿作那一叶清露

洗净青春繁华尘土

当我想你的心在飞扬

我心上的线

又落在你手掌……

邂逅淳子

海上四月邂逅淳子

满城春光烂漫依旧

张爱玲在淳子的指尖

缓缓走来……

舞动着一女子的愁思

在尘埃中落幕

在城市中绽放

在黎明中破晓

在镜花水月中浮沉

似庄周梦蝶

人生恍然幽梦

（注：与王欣源同学即兴创作）

七心海棠

有时候看很多人

就像看舞台上的小丑

长袖善舞多变起劲

看上去精彩无限

最后还是繁华落幕寂寞来袭

挺怕成为那样浮躁的人

模仿得很懂生活矫情做作

故作姿态谎话连篇

贪婪得庸俗不堪

卑劣得毁人三观

古人云：日久见人心

真是入木又三分

社交复杂应付不暇

选择独处也是狂欢

不愿忍受让灵魂起半个褶子

并非觉得如此高贵是性格所累

走在拥挤的人群中

我不知道我的灵魂

是浑浊之情还是通透之爱

突然觉得原来自己像一个乞丐

漫无目的不知道温暖在哪里

忍痛抽出一颗破碎带血的心

就像捧着一只缺口的碗

心空空的用再多的食物也塞不满

我采上一朵路边的花

瞬间就喜笑颜开

原来最可笑的那个是自己

爱重要但是不懂酿造

腐烂了就是毒药

……是程灵素的七心海棠

流水的光

时间像流水一样

波涛皱在了脸上

我拿什么将爱珍藏

用一滴泪闪耀光芒坠落

在无边无际的海洋

我的梦里有你才能滋养

多想你一直在我的身旁

看你笑容荡漾

看你眼神惆怅

看你背影悠悠晃晃

吻你的脸庞

听你说遥远的过往

打开城市的门窗

细数青春的初妆

默默轻巧时光给的忧伤

记忆熙熙攘攘

快乐满满当当

人生匆匆忙忙

我在静静欣赏

爱的玫瑰绽放

我迷恋这一阵清香

沉迷在爱的牧场

独自躺在冬天的床

心里数着山羊

思念你的胸膛

百合开出你的模样……

我的心被烈火烤炙着

痛到脸上依然是微笑

流出来的血泪却成了诗……

境无好坏　唯心所造

心若不动　要心何用

心若能控　何来疼痛

心若空旷无依

放逐和追寻都是漂游

心灵能自愈

可取时光敷药

生活给予我无尽的悲伤

我选择慢慢遗忘

幼稚长在我心上成太阳

永远挂在东方初成长

让所有的思绪飞扬

一边抹着眼泪反思过往

一边告诉自己要坚强

悲伤有悲伤者的土壤

永不放弃童心未泯

如果我真是一颗明矾

那我依然选择做一股清流

六一节快乐……

爱是魔术的果实

我们仰望着同一片星空

却在不同的地方

你去的地方风景名胜很美

但最甜蜜的时刻

是在我们相爱的途中

身在其中是梦幻的迷惑

唯有丢弃一切凡尘杂念

跨过心境看崭新的世界

获得一份超越现状的境界

入眼的永远是物

能入心的才是情

无论在何时何地

不要把自己看得重要

别人自然也就没那么重要

历经过刮骨疗伤

方知生命中有奇怪的魔术

发现最伟大的医生是自己

只有流过血的心

心上愈合的伤口

才能成为一道亮剑的彩虹

是锋利刀口划破斑斓的痕迹

是穿透灵魂黑暗之光

是摇摇欲坠渡过的地狱之桥

也是一颗爱恨交融的果实

我在风雨中等你

我在雨里等你

忘记脚上沾满了泥水

鞋子上粉色的钻

在闪烁中也掉了几颗

黑色的伞勾在手里摇晃着

我并不想打开它

怕掉下一个白色的梦

风吹歪了天空中的雨帘

一排排细细斜斜地打在脸上

全身上下有点湿漉漉的

冷敷了我滚烫的额头

我迅速躲进地铁的车厢

去今天干活的方向

我在人群里看不见你

也许你只是夜晚的星星

今夜的雨注定月亮也没有

我的心落在你眼眶里泥泞

荡漾起波澜起伏的海浪

我在你的眼里捞影子

模糊不清越来越小

不知是我钻进了你的心

还是飘落在你的梦

每一次我们在风雨里低头

一牵手仿佛就离开了地球

在地铁到站时我抬起头

喝完手里最后一口咖啡

轻轻撸掉嘴角的一抹奶油

露出甜甜的香香的样子

嘴角上扬奔向工作的方向……

谁

谁是你奋不顾身的人

谁给你温柔的香唇

谁陪你聊天到凌晨

谁了解你孤独的灵魂

谁给了你夜晚的星辰

谁心疼你微笑背后的泪痕

谁又是你爱情的永恒

我就是那个爱你的人

你的呼唤总让我丢魂

冒着风雨也愿意前行

我们彼此拥抱牵挂

你从来不会说情话

默默承受内心的挣扎

推掉会议陪我看樱花

一路看着你天真地笑

永远是那么轻狂年少

爱你我不需要太多计较

原谅只需要多看你一秒

彼此小心翼翼地依靠

爱情如此神奇美妙

也不是谁想要就能要

你可以权衡利弊的选择

别输给情不自禁的心魔

飘零

爱到山穷水尽

像空中的风

吹散路过的云

心情柳暗花明

我自由奔放飘向远方

去触摸一颗心灵相通的心脏

一路灯火阑珊透亮

山间春色冰雪融化

你是我沉睡在体内的嫩芽

春天你是花香

秋天你是月光

夏天你是满塘的荷

冬天你是暖暖的被窝

有你在心上绽放

晚霞映在我脸上飘扬

日子一天天露出彩光

枯竭的心被云雀唤醒

森林里飞来许多黄莺

我被地上毒蘑菇的美丽吸引

巫婆对我格外开恩

摘掉我中毒的心

给了我一世梨花的命

轻巧……清新……脱俗

飘零……飘零……飘零

荷

我把思念的风吹向你

飘回来几片零星的雪花

落进我迷离的双眼

化作一颗颗晶莹剔透的泪

砸破我抹过胭脂的脸颊

流入我热血跳动的心脏

整个身体一阵阵荒凉

擦亮眼睛看不见我爱的人儿

不知他藏在哪一座小岛上

只能将爱放进这身体的冰箱

等你回来一起细细品尝

我永远给你微笑的模样

如果生如夏花

我愿做一朵荷

玄之又玄

美得我不想上岸

脚深深地扎进淤泥里

姿态清新脱俗

迎接微风雨露

绽放时娇艳欲滴

凋谢后饱满内心

秋天一切死如枯叶

花儿凋谢了

心儿被采摘被掏空

脚下依然踩出一份神秘

捧给你沉甸甸的清脆和甘甜

是坚持生长着沉睡着的真爱吧……

眼力

天上的雨

披上风抛弃了云

跟着我的雨伞乱跑

我的爱赤着脚

流淌在血液里

我的心躺在书籍里疗养

拧干悲伤的泪水

我的眼睛变成挖掘机

一眼可以望穿五公里

整夜未合也不见你

挖落了星星和月亮

我的眼睛变成光的海洋

能分辨出千万种颜色

却看不清人的脸色

我窝在角落里

思念落脚在文字里

孤独与梦交织

爬出一行行的诗

像鸟的翅膀

颤抖地在雨里飞翔……

LV的心

我喜欢偷偷地看你

如果你是我的爱人

我想送一颗 LV 的心给你

那是我一跛一跛遗忘的阴影

是刀抹过脖子血腥的微笑

空荡荡的月光推来一股巨浪

我们在打翻的悲伤中翻滚缠绵

任谁的拉扯都成徒劳

浑浊不堪的爱用心沉淀

在月光之下开始清澈透明

你说只照见我的影子

我才是你唯一的芬芳

别那么幼稚相信荒唐

我的心伤也烫在你脸上

烙下满面愁容失去阳光

如今把所有的挫败扔向窗外

破旧的往事让风去撕扯

我环顾四周漆黑吞噬了我

我抓紧你的手跳进烈火……

玻璃心

我们的情谊是真是假

一切美好被时间揭发

我处理得不是很优雅

撕开了伤口成为笑话

一不小心就伤了大家

心痛的日子你没有陪我

是我一点一点熬过

习惯了分分合合

看不透人心轮廓

两个人互相猜测

不如一个人寂寞

人生躲不过一场雪花

我们就像这梦里的烟花

想起曾经我们的戏要

胜过任何一对冤家

眼角的泪水流到脸颊

难以忘怀曾经的悄悄话

可惜闹腾的感情太复杂

划破的裂痕成伤疤

终于选择沉默不说话

时间都去哪儿啦……

走着走着就散啦……

曾经在我家的河岸

在你家的山前

我们相隔千里之远

依然携手同行向前

留下多少奔跑的笑脸

如今分开的理由从何说

不想再说是谁的过错

只因友谊不牢没躲过

如果离开彼此好过

何尝不是一种解脱

你我都不必担心难过

或许……或许……

这就是真实的生活……

行走在路上

曼妙的风景漂泊在路上

路过狂风暴雨电闪雷鸣

风雨捶打着列车的玻璃窗

和我有仇似的嘶吼着

我懒得搭理沉默不语

穿过一尘又见蓝天白云

路边声声鸟语吻别花香

总有一个模样像太阳

刺得眼睛滚烫滚烫

只能放在心上摇晃

当问候难以启齿

也许是爱有了距离

当情话无法起飞

或许是爱的思绪

已经燃烧成烟灰

当爱被现实打败

熏得分不清黑白

爱游走在灰色的地带

挺像天上灰色的云朵

又要等风吹等雨淋

看着夕阳下的云彩

想起曾经的一切

像一首歌从我体内流过

浮现你的模样依然可爱

我懂你沉默里小小的坏

我愿意等你微笑着归来……

我已落地 诗也写成

你是否听见

我走向你叮叮当当的脚步声

台风

听说台风来袭

我想去风雨里走一走

用我的身体发肤

煮一片惊心动魄的雨

风伸出有力的手

啪啪打响树木花草

拍碎了落在半空的雨

一团团雾茫茫旋向我

像透明的白纱

盖住我的眼帘

闭上眼四周的花草

渗透出清新的芬芳

我感受着草木的关怀

雨水的滋润和灌溉

享受一刻湿漉漉的时光

可以四下无人驾驶孤独

内心酝酿着大自然的爱

雨累了停在了云上

我安静地立在屋檐下

风念念不忘回过头

又一口一口轻轻饮干

我用心煮成酒的雨

我和风雨醉在一起

仿佛成了风一样的女人

沉默的爱

推门归来

花落离枝

秋风无主

满地狼藉

收起行囊

取几两月光

酿一壶佳酿

洒一屋新香

心情瞬间美丽明亮……

世界很冷

幸好你很暖

幸福似一朵花

花蕊是你

花瓣是你

花香也是你

馥郁在我心上

满眼都是爱的温泉

从嘴角流出一滴口水

给你一个轻熟的吻

我们学会沉默不响

生活别来无恙

灵魂到处游荡

你在你的时光

我在我的云上

云端上的云

我的视线被切断

我的思念难冬眠

爱总是忽隐忽现

人生只是一场体验

我们有缘才能遇见

广阔的人世间

总是有人憨憨

有人痴恋

相爱直上云端

相处又泪花了眼

分开又是那么的难

每一个影子都在指尖

日夜在心上徘徊纠缠

信了爱情就迷失了自己

心里有一片雪

冷冷地冷冷地冻结

红尘路上灯光闪烁

身边的故事一个接一个

上演事故不断难以决判

人生像在茶水里沉浮

心思被风雨冲洗得越来越淡

那一片雪花早已飘落

像这秋天火红的枫叶

一年又一年枯萎在眼底

燃烧进体内的血液

安安静静守候一份朦胧的夜色

我们爱你香港

美丽的香港总让人向往

北京条约是不平等过往

南京条约我们也不能忘

一九九七回归的钟声敲响

五星红旗迎风飘扬

一张张笑脸迎接香港

亲爱的孩子

您终于回到祖国的心脏

感谢伟大的中国共产党

从此可以扬眉吐气嘴角上场

光芒四射的香港照四方

走在世界的中心创辉煌

如今恶风又吹来牛虻

我们伟大的中国共产党

不会再让暴徒嚣张

亲爱的宝贝——香港

祖国的心窝向你开放

迷失的孩子别向母亲开枪

我们的爱在龙的血脉上流淌

亲爱的宝贝——香港

孩子要看清历史统一思想

让我们携起手来一起对抗

支持香港警察执法

赶走暴徒保卫国家

亲爱的宝贝 —— 香港

你永远在祖国母亲心上

不会再让你独自漂泊流浪

我们心连心走向繁荣富强

我们爱你香港……

九月

九月在晨光中苏醒

在雨露中蜕变前行

在花香中洋溢微笑

在孩子迈进校园中奋发

田野里泛起一阵阵热浪

扑面而来是收获的喜悦

落叶在我眼里飘零

爱在我心上走动

我伸出双手拥抱今天

打开九月崭新的封面

手里有笔画一片火红的枫叶

不怕整个秋天对我无动于衷

喜欢迎接冬天的雪

满怀期待春天的燕子

四季皆有百合的花香

养着我梦中的蝴蝶

反复无常的爱

偌大的世界

人潮汹涌澎湃

你像云一样飘来

撞了我一个满怀

跌倒以后爬不起来

就这样匍匐地相爱

前方看不清路牌

又遇见风浪破坏

不知爱还在不在

如果不够爱

怀抱空出来

何必苦苦等待

越挣扎越无奈

我也曾经苦恼

我也心如刀绞

我也不知如何是好

等待时光给我解药

爱就这样慢慢消耗

情绪反复煎熬

感情难以解套

我在你心上逃跑

你在我心里坐牢

我相信爱情依然可靠

我愿是你冬天的棉袄

我愿是你明天的骄傲

泥泞的梦

我把时光挂在窗口

浏览每夜仰望星空

看着月圆月缺

有时候推开窗是风雨

但我总是耐心地守候

任岁月匆匆流逝

我不知道我要寻找什么

我能放下手里的雨伞

湿漉漉地行走在暴风雨里

但放不下秋天的落叶

满地黄叶随着夜风起舞

时常掀起一阵波澜巨浪

掏空我内心的每一个角落

整颗心像极了一只动物的小窝

手心里握着一片枯萎的枫叶

每当夜深了梦就近了

梦里总比梦外幸福

受伤的脚印

为爱我努力地奔跑

踩上石子扭伤了脚

坚持越过一座桥

在你面前变渺小

小心翼翼地和好

弥补错过的分分秒秒

爱在热泪盈眶里寻找

汗水湿透了衣角

狼狈的我无处可逃

说过的承诺忘不了

分分合合多煎熬

慢慢学会对你好

爱是一座美丽的城堡

需要一砖一瓦建设好

我不想半路逃跑

你是我内心的火苗

我愿为爱燃烧到老

如果你觉得爱过以后

只剩下无聊

还怕缠住脚

我可以后退到街角

你再回到花丛中寻宝

从此我们各自安好

我不会再为爱你踮起脚

但我依然相信爱情很美好

碎落的叶心

在独处的时光里

沉默关上门窗

在自己的世界里宁静如初

顿时一切美好离我很近

闭上眼睛就能触手可及

一棵树被冷风敲醒

寂静缓缓落下一片落叶

躺在我手心里

仿佛就像我横在地球上

她说我的手很美

我说你忘了你没有眼睛

我笑着告诉她这个世界很美

她说你忘了你不能用心

我低下头抚摸她

我看着她碎成一片

像极了我拼凑的心

夜游延安清凉山

夜路喝过酒

月亮醉山头

人生像梦游

冷风吹醒几多情与愁

掐灭手里的烟头

三个人一壶酒

努力攀爬到清凉山的尽头

一览延安夜色朦胧的街头

潇潇洒洒好自由

甜甜的笑容好温柔

粉色的火焰流淌在歌喉

嘻嘻哈哈嘿嘿……

心里若有桃花源

处处都是水云间……

迷香里的伤口

玫瑰又一次被时光煮熟了

我守着她有一丝伤感

我翻开她带着血丝的心

花蕊上还有淡淡的清香

不知她枯萎的心

是否也在隐隐作痛

在没有花香的日子

生活还是继续前行

人生的路上风景万千

经常在无聊发呆中

遇见美好伟大的自己

我承认不知道我要什么

只想努力知道我不要什么

生命中再大的狂风骤雨

都会有停止的脚步

我依然相信明天的太阳会升起

如果生活没在我身上留下伤口

我怕光明不知道从哪里吻我……

抗病毒之歌

我们都是中国人

武汉是我们的城

我们是民族的魂

我们都不怕瘟神

它进入一步

我们踢它一脚

让它快滚快跑

我们不走也不逃

感谢国外的同胞

送来温暖的口罩

你们的担心和问候

我们感激我们收到

我们永远不会离开祖国的怀抱

我们手牵手我们举起拳头

五星红旗飘扬在心头

我们宣誓我们做好隔离

我们爱自己我们爱祖国

我们更爱世界

我们感谢全球的关爱

我们会切断病毒的纽带

再多的伤痛我们自己背

不让你们的亲人流眼泪

我们的英雄在前线日夜奋战

我们一起携手不依不饶

我们在和秒钟赛跑

病毒你快滚快跑

我们会送你下地狱

送你上西天

我们永远在这美丽的人间

在这美丽的人间……

加油武汉……

加油中国……

我和花儿相拥

如果很久不见

就去拥抱一朵花

仿佛走近一个香甜的神话

从一朵花里盛开出一片花海

我只看见自己单薄的身影

从春夏秋冬忧忧郁郁地走来

刹那不见的是青春芳华

用微笑掩盖无痕迹的伤疤

采那一朵像云一样的花

也许只为浪漫一夏

不用记住彼此眉心的朱砂

是缥缈天空里的一个梦

都说是假的我却不肯醒来

花儿的绽放只会用力一次

看她枯萎的时候低下了头

沉默不语独自抵御十级寒风……

种什么花结什么果

南柯一梦又何妨

伤过了肝脏断心肠

花儿她没有爱的语言

学会承受你想要的一切

就当一场遇见的奉献吧

来年花还是花

我还是我

或许花不再是花

我也不再是我……

羔羊的悲伤

有一条路很长

如果有你在身旁

高架路也是好风光

开错了方向也不慌张

想按按你的肩膀

想钻进你的胸膛

想看你微笑的模样

想捂一下你的双眼

看你一脸惊吓紧张

汗水滴落在脸庞

还是稳稳地开向前方

也许你很累

我无法去体会

也许我很甜

也是一把盐

开了好久没有路

回过头荆棘重生

我好像走进了黑森林

满身伤痕血淋淋

我也不是一头狮子

却吓跑了可爱的小白兔

美丽的大孔雀也一步三回头

不敢再靠近我一点点

我懂了是我的错

都是冷漠惹的祸

让她们伤心难过

珍惜我的人不会走

走的是一只笨拙的动物

用力伤我的也不是真朋友

我爱小白兔也爱大孔雀

情商一低啥都缺······

我是用我的不完美

来衬托你们的完美

今年踏春的心情

宇宙苍茫

新冠来访

地球惊慌

人类眺望

解药何方

相信祖国力量

我踏上春的柳条

一路向着阳光飘摇

放眼远方心存美好

我像出笼子的小鸟

用一颗空心把美景寻找

油菜花田金灿灿

河边垂柳梳小辫

汽车驰骋在路上

蓝天白云阳光下

路边惊现铜塑观音菩萨

庙前佛像的金环一闪一闪

我笑着想起从前从前

我双手合掌跪在她面前

闭眼许下一个心愿

是她送个小儿在眼前

时光一晃十三年

一路亲吻着他的脸

如今他嫌我烦烦烦

我看他心里依然暖

慢慢他不愿陪我玩

手指还指向我的脸

训我贪玩让他陪着冒险

他说今年的这个春天

山水再美美不过钟南山

花儿再娟比不上李兰娟

窝在家里最最最安全……

我告诉他我不怕不怕

我们中国伟大……

我不负春色不负他

负我真心是个小傻瓜

我们留下微笑笑哈哈

三月是小月月

我拿一把尺子测量风

发现自己消失得无影无踪

游游荡荡飘落在这三月里

成了一棵歪脖子树的桃花雨

粉色的花瓣儿片片凋零而下

落进湖面甜甜的酒窝里

又成为海姑娘朵朵胭脂的红

心波荡漾出小时候的记忆

是桃核挖刻出来的一只小船

用削铅笔的小刀划破了手指

小拇指上长出一只眼睛

长长的黑睫毛忽闪忽闪的

风安静地瘦进白云里

让软软的白云怀了孕

生出一连串的晚霞

映红了夕阳下的半边天空

色彩斑斓的光芒放射在大地

洒在苍茫一片金色的油菜花上

三月是个小月月但也美极了

当夜幕降临时

我用伸出在窗外的手指
勾勒着漫天的星空
小拇指黑色的眼睫毛上
沾满了洁白无瑕的霜
点缀着我白日里的梦

风又安静地瘦进月光里
让我胖出一个个美丽的梦
我小心翼翼地收藏着
躲进被窝里孵化自己……

朦胧的花影跳动在心上
开出了白色的栀子花香
微笑着迎合自己和影子
从生命中流淌而过的时光
不论是喜悦还是悲伤
不对抗情绪接纳真实的自己
多对鸟儿花朵笑一笑
心情开始蹦蹦跳跳……

一个呆呆的我
经历挫折很多
不再年少轻狂
接受没有锋芒
愿意选择一直善良
立志在孤独中勇敢
在沉默中坚强……

四月的春

我的牙齿缝里
挤满了你的名字
咯吱咯吱日夜作响
我不敢笑也不敢哭
任由你咀嚼我的心窝
手里拿着一根牙签
不忍直视戳向你
刺破了我的红唇
眼角流着泪嘴角流着血
依然让你密不透风地活着

我把最热烈的爱给了森林
被风一吹燃起了熊熊烈火
从此整个心灰飞烟灭……

春来枝头满
落红流入眼
与君千里远
共春不共眠

四月天里四月脸
四月眼中四月光
四月自己四月妆
四月花里四月香

后记

时光的脚步轻之又轻，即使我不想往前走，也终究还是被岁月带到这四季里循环飘荡。一颗空旷的心灵又入深秋。看着一片片叶子，不情愿地分离枝蔓，缓缓飘下，尘埃落定。可见万物生命轻薄如纸，手里的红粉玫瑰再美，终将成为回忆里的一尘云灰。喜欢这一枝清浅的相思梅，仿佛相思可以果腹。听到一声问候，就能喜上眉梢，不知世间还有多少痴男怨女，情不能醒、爱不能弃。在喧嚣的城市里，羡慕笑靥如花的女子，在繁华里可以独自绽放，在寂寞里可以独自清欢，或许在夜深人静时，也会潸然泪下吧！不知是谁动了谁的心魔，让时光也不知所措，想起雨天时的泪，上天是为谁坠落，让滴滴答答的人间好难过。昨夜有一场惊心的梦，七星连珠也是一场空。月有圆缺，人有残梦，只有拾起来封存在人生的记忆里。相信只有遇到灵魂的碰撞，才会掷地有声地绽放。坚持在岁月里涉水而行，在梦境里到达有莲花的彼岸。就做一个爱做梦的女子吧！或许也没什么不好。渐渐躺入冬的怀抱，当脚下铺满一层层落叶，我轻轻踏过，聆听落叶飘落沙沙的声音，抬头天空细雨绵绵，我手捧一杯咖啡晃荡在公司楼下石板路上，似乎听见岁月如水一样流过生命。

都说相爱容易相处难，确实深有体会，其实两个人在一起就像两只刺猬，要想拥抱在一起不扎到对方，就要忍痛拔掉身上的刺，只有双方都愿意为爱努力改变。彼此尊重、真心付出，才有舒服相拥的一天，这个拔刺的过程就是爱。你付出的爱越多，得到的爱也越多。爱不是钱，用掉一分就少一分，爱是用不完的，是一种向上的力量，爱得越用力，内心越丰盈。不知道为什么现在很多人想要好好地爱又怕被伤害，不愿意付出真心，却又想得到真心，其实自爱是责任，被爱是一种幸福。人生在世，生活不易，在一起是一种缘分，也许在爱情里，真的是得不到的都在骚动，被偏爱的总是有恃无恐。少一点算计得失，就多一分知足常乐，不贪心不多心，爱是自私的，也是无私的，多一些信任，懂得取舍，才会风轻云淡。人生就是一个过程，一路走一路散，放弃该放弃的，任何关系，对于蓄谋已久的离开，不挽留不强求不跪舔，爱我所爱，不计得失，面对当下、接纳伤害，远离一切不愉快。有时候，你觉得你一颗真心输得很惨，反而会迎来爱的曙光。失去的措手不及，到来的也诚惶诚恐。往后余生依然会有风雨，遇见懂得珍惜的人才是一生的幸运。很多事情没有永远的对，也没有永远的错，只有当下各自的需求和趋利避害、权衡利弊以后的选择。当你越过墙角看穿苦难，再一次遇见新的明天，我会告诉自己，人生每一个选择都不后悔。清净的生活离不开干净的心。心无杂念很难，为爱改变也很难，也许爱情的美好和珍贵就是因为一个难字，让很多人望而却步、半途而废，珍惜当下是一种智慧。

　　看到微信群里好友九龙发的一篇游子写的《乡愁》，感动的同时多了一分内心的共鸣，那么轻，却又那么疼，愁绪满怀，故乡只能在梦里回顾。如今父母在哪里，家就在哪里。有父母的疼爱是幸福的。在外漂泊这么多年，根还是生在那个越来越凄凉的小村庄里，在繁花似锦灯红酒绿的大都市，我仿佛一只蚂蚁穿梭在车水马龙里，爬行得很慢很慢，但懂得也越来越多，内心却充满了孤独，也许我们每个人的灵魂都是孤独的，不论被雨水还是泪水淋湿的时候，我会感叹一声：一花一片天，一人一生雨，唯有心生阳光，才能克服困难明媚生长。最能慰藉我们心灵的当然是血缘的亲情、真诚的友情和真挚的爱情。我们每个人在自我的世界里彰显个性，活出独一无二的自己。

我总想保留一份儿时的天真，喜欢田野里青草上带着露水的那股清澈透明，却时常被嫌弃不成熟，但我还是愿意做自己。每个人都有自己行走的痕迹，我只能做到不刻意把自己的快乐建立在别人的痛苦之上。无论生活给我带来多大的伤害，我无法做到每次都能选择原谅，因为我是人也就不用去装神。但我会选择坦然面对接受现实，努力坚强地不断完善自我。没有领略过酸甜苦辣的人生是不完整，如今遇到什么都学会了默默承受。平静的去面对生命里的一切无常。阳光雨露都是生活里该有的样子。人各有志，何时何地都不用为难自己。刻薄别人，能留下的我万分珍惜，路过的已成风景，但是也是生命组成里无法抹去的一部分。无论当初多少的笑与泪，如今偶然想起来的时候也只是微微一笑。或许生命的神奇在于，无论遇到什么，只要你肯一咬牙，接受伤痛活在当下，身体就会启动自愈功能，你的身体会搀扶起你的灵魂挺过去。把伤痛掩埋在某一段时光里。慢慢身心合一，彼此关照，呈现出全新的自己。只有心向阳光。才能在遇见黑暗里救赎自己。跌倒在深渊低谷也不可怕，当你的心选择要站起来的时候。以后你每迈出的一步都是在走上坡路。往后余生我努力活成我自己喜欢的样子，别人喜欢不喜欢那只能看缘分了。也许和我有关系，但是和我也没有关系，不刻意讨好，也不任意逍遥。追求简单乐观自由自在。我是一个喜欢活在自我幻想童话里的人，在我眼里，人是有灵性的，只是有的人没有唤醒我们影子世界的生命力。当我的手切水果不小心被划破时，伤口的疼痛是身体的痛苦，当亲人离世或失恋时，心里的那股撕心裂肺的疼痛就应该是灵魂的疼痛了。灵魂是我们生命里看不见的影子，但是与我们无法分割。很多时候，我不想看这个世界，看不远，也望不清。我只想探索我的内心，改变要从心出发。心里所需必是灵魂深处的繁华。

故乡对于一个人来说是重要的，是赋予我们生命开始的地方。不忘初心，方能砥砺前行。人生的路还很长，我们每个人都不需要指手画脚，但都希望得到良师益友的指点迷津。小时候，懂得很少，快乐很多，多少往事随风飘散，错过的都是风景，留下的才是人生。岁月凛冽清凉，总是不知不觉带走很多时光，任你想挽留，却只能轻叹一声。时光飞逝，刹那芳华。岁月流转，已悄然改变了容颜。低头，方知晓，故乡给你的足以让每个游子回味一生……我的诗里流淌着爱，我的爱里少不了故乡……

非常感谢一路走来大家对我的支持和帮助，每一次生命里小小的感动，我都会铭记在心。往后，我会更加努力地做一个纯粹写诗的人，让诗歌呈现出最真诚的人类心底的情感。

我感恩生命里遇见的一切……

林曦

2020.4.15